W0416342

LA NUIT
LA PLUS COURTE

© Castor Poche Flammarion, 2004
© Flammarion pour la présente édition, 2012
87, quai Panhard-et-Levassor – 75647 Paris Cedex 13
ISBN : 978-2-0812-6735-0

BERTRAND SOLET

LA NUIT LA PLUS COURTE

Flammarion Jeunesse

En souvenir de ceux qui reposent
dans les cimetières de Normandie :
Américains, Anglais, Canadiens, Australiens...

Chapitre 1

Anne-Marie et moi pédalons allègrement, chacun sur son vélo, suivis par Tabouche, mon chien, qui adore les balades en général, mais n'apprécie pas trop aujourd'hui de galoper sur un chemin souvent mouillé. Il fait beau ce dimanche 4 juin 1944 et je suis heureux de me trouver en compagnie d'Anne-Marie. Je la connais depuis notre plus tendre enfance, elle est devenue pour moi bien plus qu'une copine sans qu'elle en sache rien. Je lui dirai un jour les sentiments que j'éprouve, j'ai le temps, mais il faut que j'y arrive ; en attendant, je trouve chaque fois des excuses pour me taire lorsque nous sommes ensemble. C'est autre chose que de la timidité : la crainte qu'elle me repousse une fois que j'aurai parlé.

Pour aller du bourg jusqu'à la mer, il faut emprunter la chaussée surélevée qui traverse une étendue de terre inondée par les Allemands. Ceux-ci ont ouvert d'anciennes écluses : l'eau recouvre maintenant de grands espaces à l'entrée de la presqu'île du Cotentin. L'opération fait partie de leurs défenses établies tout le long de la côte pour empêcher un éventuel débarquement des Alliés, défenses appelées « le mur de l'Atlantique ».

Je vois qu'Anne-Marie peine à suivre, je ralentis.

— Attends-moi ! crie-t-elle. Mon pneu avant se dégonfle.

— Belle excuse, flemmarde.

— C'est pas une excuse !

— Regarde : Tabouche va plus vite que toi !

Pneu qui se dégonfle ou pas, nous arrivons au bord de la Grande Dune bordant la mer. Le village de la Madeleine[1] se trouve plus loin sur la gauche. Il est aujourd'hui comme mort, quelques familles seulement l'habitent, celles qui ne savent où se réfugier...

Une pétarade se fait entendre sur le chemin : c'est un side-car de la Wehrmacht, l'armée allemande. L'engin nous dépasse ; ses passagers, deux soldats casqués, armés de mitraillette, n'ont pas un regard pour nous. Tabouche aboie contre eux à s'en décrocher la mâchoire, mécontent d'avoir été éclaboussé au passage. Il fait de la résistance à sa

1. Les plages de la Madeleine portent aujourd'hui le nom de code donné par les Américains lors du débarquement : « *Utah Beach* ».

façon ; par bonheur, les occupants ne comprennent pas son langage. Le visage d'Anne-Marie se crispe.

— Tu as eu une drôle d'idée, Lucien, de vouloir venir ici.

— Tu sais pourquoi.

— Je trouve ton idée de plus en plus idiote. Et drôlement dangereuse en plus.

Nous laissons nos vélos et nous avançons. Encore quelques pas, et nous apercevons les défenses allemandes installées sur la plage interdite : un ensemble de blockhaus en béton, en partie enfoncés dans le sable, avec des nids de mitrailleuses et des canons braqués sur le large. Les casemates sont reliées entre elles par des tranchées en zigzag. Au pied des fortifications se trouve un mur en béton destiné à barrer le chemin à des engins blindés ; il s'étend des deux côtés de la plage aussi loin que le regard peut porter. Au-delà de cette ligne de défense, on peut voir à marée basse de longues rangées de poutrelles d'acier croisées, destinées à empêcher l'approche d'embarcations. À l'arrière, les blockhaus sont protégés par un champ de mines entouré de fils de fer barbelés. D'ailleurs il me faut retenir Tabouche par le collier, sans quoi il irait bien gambader n'importe où.

Pour construire leurs défenses, creuser leurs trous, fabriquer et charrier le béton, il a fallu des mois et des mois aux Allemands ; ils ont aussi réquisitionné nombre de Français, y compris des paysans de mon village.

Quelques soldats sont assis sur le haut du plus proche blockhaus, bavardant tranquillement ; ils profitent du soleil.

Au large, les vagues se soulèvent, les creux doivent être profonds ; les mouettes volent bas, c'est signe de mauvais temps.

Anne-Marie et moi, nous nous asseyons à notre tour sur de larges pierres, presque à ras du sol. À cette place s'élevait une maison ; les Allemands ont rasé presque toutes celles qu'ils trouvaient trop près de leurs constructions.

— Tu ne crois pas que ton idée est idiote ? insiste ma copine.

— Ne t'inquiète pas. J'imagine déjà la tête de Pascal.

Pascal est aussi un camarade d'enfance, comme Anne-Marie. Depuis toujours, nous faisons tous les deux le concours de la meilleure blague, du plus grand exploit. On se lançait déjà des défis à l'école. Ça allait des grenouilles vivantes glissées dans les boîtes aux lettres jusqu'aux punaises placées sur la chaise de l'instit... Après l'école, nous avons continué nos jeux. Par exemple, il n'y a pas si longtemps, Pascal a revêtu un drap pour faire peur à notre voisine, la vieille demoiselle Robert qui n'est pas trop futée... C'est mon tour aujourd'hui de proposer une action d'éclat. Alors j'ai pensé venir ici, une nuit, pour tracer à la peinture blanche une croix de Lorraine sur un panneau de signalisation allemand portant les inscriptions « Mines » et *« Minen »* sur une tête de mort. La croix de Lorraine est l'emblème du général de Gaulle qui appelle à la résistance depuis Londres. Cette promenade me permet de mieux reconnaître les lieux. C'est ce que j'explique à Anne-Marie :

— Il n'y a pas de danger, j'ai réfléchi à tout. Je longerai la chaussée dans l'eau, elle n'est guère profonde, en m'abritant derrière la végétation. Les soldats ne surveillent que la mer, pas leurs arrières. Il me faudra une minute à peine pour passer la peinture ; ensuite, je repartirai par le même chemin, ni vu ni connu.

— Attends, je suis sûre qu'il y a des sentinelles sur le chemin, la nuit, le long des barbelés.

— Je passerai dans l'eau, je te dis...

C'est bête, mais l'histoire des sentinelles me refroidit. Anne-Marie raisonne souvent juste. Finalement, il faudra peut-être que je trouve une autre idée pour Pascal. Pourtant, cela m'ennuie de renoncer, de battre en retraite, comme si j'avais peur.

— À quoi penses-tu ? me demande Anne-Marie alors que je reste songeur.

J'hésite avant de répondre, mais je peux bien lui dire :

— Je pense à mon oncle Vincent, le frère de maman.

— Celui qui a disparu ?

— Disparu, si on veut. On n'a pas de nouvelles, c'est tout. C'est d'ici qu'il est parti voilà trois ans. Il ne s'est pas dégonflé, lui...

Ça me fait plaisir de lui raconter son histoire en détail :

— À l'époque, il n'y avait pas encore de mur de l'Atlantique, la Grande Dune était déserte, avec juste des patrouilles et surtout des vedettes en mer, longeant la côte. Vincent voulait rejoindre Londres, continuer à se battre contre Hitler. Une nuit où le ciel était particulièrement sombre, il s'est embarqué, avec deux copains. Ils avaient repéré les heures de passage des patrouilles. Entre deux rondes, ils ont traîné leur embarcation jusqu'à l'eau et ils sont partis à la rame ; ils devaient hisser la voile au large. Vincent est marin-pêcheur de son métier, il sait manœuvrer et se servir d'une boussole ; seulement, l'Angleterre est drôlement loin, sans parler des vedettes allemandes. On n'a jamais eu de nouvelles.

— Moi, je te dis qu'il est arrivé à bon port, affirme ma copine.

Elle me sourit en même temps et ses yeux brillent. C'est pour me rassurer.

— Je voulais partir avec lui, il n'a pas voulu.

— Tu parles ! S'encombrer d'un gosse. Tu avais dix ans à l'époque, guère plus.

— Ça va. Allez, on s'en va.

Je me dresse, sans lâcher Tabouche. Les Allemands ont quitté le toit de leur casemate blindée. La mer au loin paraît de plus en plus houleuse, menaçante.

— Regarde mon pneu, Lucien, je te dis qu'il se dégonfle. Sûr que la chambre à air est pourrie. Faudra que mon père m'en trouve une autre.

— Ça ne va pas être commode avec les restrictions.

C'est vrai, par ces temps de guerre, on manque de tout, de sucre, de souliers, d'huile... Beaucoup de choses sont rationnées, d'autres ont totalement disparu des boutiques. Et on dit que la vie est encore plus difficile dans les grandes villes.

Nous pédalons : le temps fraîchit en cette fin d'après-midi ; nous avons près de six kilomètres à parcourir jusqu'à Sainte-Marie-du-Mont ; libéré de mes bras, Tabouche galope. Très haut dans le ciel on aperçoit des avions qui laissent derrière eux de longues traînées blanchâtres. Sont-ils anglais, allemands ? Ces derniers jours, il y a eu de nombreux bombardements dans l'arrière-pays, comme dans toute la Normandie d'ailleurs, à ce qu'il paraît.

Une batterie antichar allemande marque la fin de la chaussée, au lieu-dit La Vierville, formé par un manoir et quelques exploitations agricoles. Je fais un détour pour raccompagner Anne-Marie, qui n'habite pas Sainte-Marie même, mais dans les environs.

Au croisement de la route avec le chemin qui mène à la ferme de ses parents, ma copine m'abandonne :

— À demain, Lucien. Comme d'habitude.

— À demain.

Je crie pour faire revenir Tabouche qui a décidé de suivre ma copine ; il finit par m'obéir, agitant ses longues oreilles.

Je regarde Anne-Marie qui s'éloigne, sa silhouette fine dans sa robe à fleurs, ses longs cheveux bruns qui dansent sur son dos. Je soupire, mécontent : j'aurais quand même pu lui dire quelque chose, je ne sais pas, qu'elle était jolie, que j'étais content de cette balade en vélo avec elle... Non, je me suis tu, comme d'habitude. Demain, Pascal, lui, ne se gênera pas pour essayer de lui plaire, de n'importe quelle façon. Il sait parler, raconter des histoires, faire rire... Pas plus tard qu'avant-hier, il lui a proposé de l'emmener au cinéma ; elle a refusé. Encore heureux.

CHAPITRE 2

À la maison, le dimanche soir est tranquille d'habitude. Celui-là l'est moins. D'abord, en rentrant, je trouve ma mère en train de remplir une valise. Elle m'annonce son départ le lendemain matin :

— Tu vas où ?

— Chez tante Jeanne, à Carentan. Tu sais qu'elle va accoucher, je dois m'occuper de tes cousins. J'emmène seulement les jumelles ; toi, tu restes avec ton père, tu l'aideras et tu en profiteras pour réviser un peu.

— J'ai travaillé tout ce matin, m'man.

Ma mère me jette un regard confiant sans insister ; c'est vrai que je suis un bon élève. Seulement, on m'a opéré de l'appendicite voilà trois semaines et, depuis, je ne vais plus au collège, à Caen. Un copain m'envoie des indications sur le travail de la classe, j'étudie à la maison. Le directeur a prévenu mes parents que, même si je ne terminais pas l'année scolaire au collège, je serais admis de toute façon en quatrième à la rentrée prochaine.

Les jumelles, mes petites sœurs, sont dans leur chambre avec Tabouche, qui s'est précipité pour les rejoindre. On les entend crier et rire, tandis que Tabouche jappe comme un fou.

Maman achève la valise ; moi, je la regarde faire, allongé sur le lit. Puis nous descendons tous les deux à l'atelier où papa travaille, bien qu'on soit dimanche. Mon père est menuisier. En nous voyant entrer, il dépose son outil sur l'établi et nous fait signe de fermer la porte.

— Vous arrivez juste au bon moment, dit-il. Le verrou est-il mis à l'entrée ?

Ma mère fait signe que oui ; personne ne viendra nous surprendre. Papa s'approche alors du poste de TSF installé dans un coin, qu'il écoute souvent tout en fabriquant ses meubles. Il l'allume, tourne lentement le bouton pour trouver la fréquence qu'il cherche.

Le son est très bas, il nous faut tendre l'oreille pour saisir un indicatif familier : « Pom, pom, pom, pom. Ici Radio Londres, les Français parlent aux Français. »

La voix de la France libre se fait entendre ; elle nous donne des nouvelles qu'on chercherait en vain sur Radio Paris dirigée par des *Kollabos*[1], des

1. Collaborateurs français des Allemands.

nouvelles qui nous remplissent de joie et d'espoir : les troupes alliées sont aux portes de Rome, l'offensive russe continue de progresser, le général de Gaulle annonce la création du Gouvernement provisoire de la République française.

— Rendez-vous compte, murmure mon père, cela veut dire que la France sera bientôt libre...

Je sens mon cœur qui bat ; les lèvres de maman tremblent.

Maintenant, Radio Londres commence ses messages personnels. La voix du speaker nasille, comme toujours. Papa colle presque sa tête sur l'appareil.

J'aime bien écouter ces phrases qui ne veulent rien dire en apparence, destinées seulement aux gens de la Résistance : « Faites la soupe aux choux deux fois », « Ma cousine ne sait pas monter à cheval »... Je devine pourquoi elles intéressent mon père, mais il n'a jamais voulu me préciser quoi que ce soit à ce sujet ; il croit que je ne l'ai jamais vu sortir le soir lorsque je suis couché, ni recevoir à l'atelier des gens qui n'avaient pas l'air de vouloir qu'on leur fabrique une table ou une étagère.

« Tu es grand, Lucien, m'a-t-il dit un jour, ne parle jamais de Radio Londres, ni de la moindre des choses qui te semblerait bizarre à la maison. À personne, même pas à ton meilleur camarade. C'est très grave, tu sais. »

Papa me regardait droit dans les yeux. J'ai promis, et je tiens ma promesse.

Tout à coup, le speaker de Radio Londres annonce : « Blessent mon cœur d'une langueur monotone ; je répète : Blessent mon cœur d'une langueur monotone. » Mon père a tressailli. Son visage est pâle lorsqu'il s'adresse à ma mère d'une voix chargée d'émotion :

— Ça y est, c'est pour bientôt. Deux, trois jours...

J'ai compris ! Il parle du débarquement allié en France ! Voilà peu Radio Londres avait déjà passé les premiers vers du poème de Paul Verlaine : « Les sanglots longs des violons de l'automne. » D'après mon père, cela voulait dire : « Préparez-vous » ; l'explication lui avait échappé ce jour-là.

— Comment tu sais ça, papa ?

Il ne me répond pas, car ma mère parle en même temps ; elle demande :

— Ils vont débarquer dans le Pas-de-Calais ?

— C'est ce qu'on pense en général. Le Pas-de-Calais est l'endroit le plus proche de l'Angleterre, ça limite leurs risques.

Nous quittons l'atelier ; mes parents sont troublés, pensifs. On ne parle pas de débarquement au moment du repas du soir, car mes petites sœurs sont là, rieuses et animées comme d'habitude. Elles me narguent :

— Bisque, bisque, rage ! Mange du fromage ! Demain on jouera avec les cousins de Carentan, et pas toi !

Cette nuit, j'ai du mal à m'endormir. Par la fenêtre entrouverte de ma chambre, j'entends de sourds grondements au loin, des bombardements et la DCA allemande qui tire sur les avions. Ça doit se passer du côté de Cherbourg – comme d'habitude –, un gros port de guerre fortifié par les occupants. Par moments, des traits de feu traversent le ciel sombre. J'aimerais bien habiter le Pas-de-Calais pour être délivré plus vite. Tout à l'heure, mon père est sorti furtivement de la maison en dépit du couvre-feu et de la patrouille allemande qui parcourt le bourg. Où allait-il ? Mystère. Je suis inquiet.

Bien des choses tournent dans ma tête. Par exemple, les promenades que nous faisons le dimanche depuis le début du printemps, les jumelles assises sur les porte-bagages des vélos de mes parents : « Faut prendre l'air », dit mon père. Je me suis toujours demandé pourquoi l'air était meilleur à Saint-Martin-de-Varreville, à Azeville ou à Crisbecq que chez nous. Peut-être à cause des batteries de canons placées là par les Allemands ? Un jour, nous sommes même allés jusqu'à la pointe du Hoc, après Grandcamp, toute une expédition ! Là-bas, les occupants ont installé une vraie forteresse avec d'immenses canons dominant le large. Mon père tient tellement à ces promenades qu'après mon opération il n'a pas hésité à me laisser à la maison pour partir avec le reste de la famille. Papa regarde les fortifications un bon moment, sous tous les angles possibles, comme s'il voulait en graver les détails dans sa tête. Si ce n'est pas de l'espionnage pour la Résistance, je veux bien être pendu !

En tout cas, mon père est rentré sans encombre de son escapade nocturne, car au matin, lorsque je descends de ma chambre, toilette faite, il achève de déjeuner dans la cuisine. Ma mère s'affaire ; elle est déjà habillée. On s'embrasse.

— Les filles dorment encore, m'man.

— C'est très bien, je les réveillerai pour qu'elles soient prêtes à l'heure du car.

— Ta mère emmène Tabouche, m'annonce mon père en se levant de table. Si tu veux, j'ai du travail pour toi.

Il range son bol dans l'évier et sort en se dirigeant vers l'atelier. Je le suis.

J'aime bien travailler le bois, j'ai souvent regardé mon père scier, raboter, cheviller ; je voudrais savoir comme lui, à partir de simples planches, fabriquer un meuble, bien fini, de belle allure...

Ce matin, je passe du vernis sur des étagères prêtes à être montées.

— Économise le produit, répète papa, tu sais qu'on n'en trouve plus.

— J'économise, je ne fais que ça...

Ma mère vient me chercher pour l'accompagner au car. Les jumelles s'agitent, excitées. J'attrape la valise.

Nous traversons le bourg, tranquille comme à l'ordinaire. La place du centre est plus animée ; là se trouvent les commerces, le café. Un camion empli d'Allemands passe dans la rue. Les soldats sont assis sur la plate-forme découverte, sur deux rangs, face à face. C'est la relève de la garde des fortifications. À force, on finit par connaître les habitudes des occupants, y compris leur nom pour certains. Beaucoup de soldats sont âgés, d'autres très jeunes au contraire. Mon père dit que la Wehrmacht manque de combattants tant il en est tombé sur le front de l'est... Un certain nombre d'entre eux ne sont même pas des Allemands, mais des Russes engagés de force, comme le sont chez nous les Alsaciens. Ils habitent chez l'habitant ; par chance, il n'y a personne à la maison, et personne non plus à la ferme des parents d'Anne-Marie. Il paraît que les Allemands logés à la campagne ont ordre de creuser un abri en plein champ et d'y passer la nuit, par crainte des bombardements. Les soldats creusent bien leur trou, mais ils restent dormir dans les maisons, ou les granges.

Le car arrive ; on s'embrasse.

— Tu seras sage, dit ma mère. Je compte sur toi.

Je la rassure de mon mieux ; elle ajoute :

— C'est l'affaire de quelques jours, Lucien.

— Je sais, m'man, sois tranquille, tout ira bien...

CHAPITRE 3

Vers quatre heures de l'après-midi, mon père m'autorise à sortir comme tous les jours. J'ai rendez-vous avec Anne-Marie et d'autres jeunes du bourg. Depuis son certificat d'études, ma copine aide ses parents à la ferme. Ce n'est pas ce qui lui plaît le plus, et elle m'a dit qu'elle attendait la fin de la guerre pour chercher un autre métier.

Anne-Marie est déjà arrivée près de l'église Notre-Dame, notre lieu de rencontre habituel, sous les tilleuls. Nous discutons ; j'ai du mal à ne pas lui parler de Radio Londres et du débarquement. Mais je me mords les lèvres : j'ai promis.

Voilà Pascal qui arrive à son tour de la boulangerie où il travaille. Décontracté, il attaque tout de suite :

— Alors, t'as trouvé quoi ?

Zut, j'ai complètement oublié de chercher une nouvelle action d'éclat à lui proposer. Je bafouille ; il en profite pour se moquer, prend Anne-Marie à témoin. Par bonheur, ma copine me soutient ; elle lance :

— Ça suffit vos histoires, vous n'allez jamais grandir tous les deux ? Et puis d'abord, Pascal, explique-nous un peu comment vous vous arrangez pour fabriquer du pain de plus en plus mauvais.

Le mitron lève les bras au ciel, indigné :

— Va donc faire du pain sans farine ! Je voudrais bien t'y voir !

La maison est fermée lorsque je reviens, assez tôt, car Anne-Marie est repartie très vite, ayant du travail à la ferme ; j'ai oublié la clef, je dois frapper fort au portail pour que mon père vienne m'ouvrir. Son atelier est dans la cour, à droite ; derrière la vitre, deux silhouettes s'agitent.

Mon père m'abandonne aussitôt : on l'attend. Des clients, précise-t-il.

J'entre ; je vais dans la cuisine, dans la salle à manger. Que la maison semble vide sans ma mère, mes sœurs ! Même Tabouche me manque. Dans ma chambre, couché sur mon lit, j'ouvre un livre : *Les Trois Mousquetaires.* Je l'ai déjà lu trois fois.

À six heures et demie, je n'y tiens plus, je descends et je me dirige vers l'atelier, par le couloir intérieur. Mon père n'est toujours pas seul ; par la porte entrouverte je regarde les deux hommes qui se trouvent là : ils ne sont pas du bourg ; il me semble pourtant que l'un d'entre eux est déjà venu chez nous une fois.

Comme hier, mon père écoute Radio Londres ; ses visiteurs sont aussi attentifs que lui. Le speaker en est aux messages personnels. Je reste immobile. Et voilà que la voix nasillarde annonce qu'« Il fait chaud à Suez. » Le trio devant moi a la même réaction, les silhouettes tressaillent, se raidissent ; le speaker ajoute : « Les dés sont sur le tapis. » Mon père éteint alors la radio ; il doit être particulièrement ému puisqu'il n'a pas son geste habituel de bouger l'aiguille du poste pour qu'on ne puisse savoir quelle station il écoutait. En même temps, il lève la tête et m'aperçoit. Aïe, je vais me faire attraper.

Non, il dit seulement :

— Tu tombes bien, Lucien.

Je m'avance. Il reprend, la voix troublée :

— Je suis obligé de partir tout de suite avec mes amis.

— Que se passe-t-il, papa ?

— Je vais te le dire, tu as l'âge. Mais d'abord une chose : toi aussi, tu vas immédiatement quitter la maison. Emporte quelques vêtements et rejoins ta mère à Carentan. Dix kilomètres en vélo ne sont pas pour te faire peur. Tu as largement le temps d'arriver avant le couvre-feu.

— Et toi ?

— Écoute, tu as entendu, et je vais t'expliquer : « Il fait chaud à Suez », cela signifie qu'en Normandie on doit mettre en action le plan vert de la Résistance, c'est-à-dire le sabotage des voies ferrées. « Les dés sont sur le tapis », c'est l'application du plan rouge, la destruction des lignes téléphoniques...

J'ouvre de grands yeux, la tête me tourne. Plan vert, plan rouge, la Résistance, mon père. Bon, tout n'est pas une surprise, pourtant c'est la première fois qu'il me parle ouvertement de ces choses.

— Papa, emmène-moi !

— Pas de bêtise, Lucien. Obéis sans discuter. Tu diras à ta mère qu'elle ne s'inquiète pas. On va juste faire sauter des poteaux et cisailler des câbles...

Rien que ça... J'ai du mal à réaliser. Mon père m'embrasse en me serrant très fort dans ses bras et déjà disparaît avec ses amis, qui me sourient au passage. Il ne me reste qu'à sortir de l'atelier à mon tour, empoigner mon vélo dans la cour, fermer le portail et partir moi aussi.

Après quelques tours de roues, je m'aperçois que j'ai oublié de prendre des affaires. Marche arrière, retour à la maison. Elle est encore plus vide que tout à l'heure. Le pyjama dans la musette, j'y ajoute un pull. Je cours dans les escaliers. Où est mon vélo ? Tiens donc : à la place où je l'ai laissé. À nouveau, j'appuie sur les pédales. Quelques passants tournent la tête, étonnés par mon allure rapide. Pour éviter qu'on m'interpelle, je m'abstiens de passer par le centre du bourg.

En sortant de Sainte-Marie-du-Mont, je me demande si j'ai bien fermé à clef la porte de la maison. Tant pis, je n'y retourne pas.

Je me calme, tout va bien se passer, pour mon père comme pour moi.

Avant de retrouver la route de Vierville et de Carentan, qui tourne le dos à la mer, me voici au croisement de la route et du chemin qui mène à la ferme des parents d'Anne-Marie. C'est ce chemin que ma copine avait pris la veille pour rentrer chez elle, mais dans l'autre sens.

Je ralentis : à l'entrée du chemin se tient un sidecar allemand. Ses deux occupants sont debout près du véhicule, leur mitraillette à la main. Ils barrent le passage et me regardent d'un air assez peu aimable.

Je passe rapidement. Pourquoi sont-ils là ? Peut-être est-ce un hasard ; ils surveillent la route, un point c'est tout. Mais c'est plus fort que moi, il faut que j'en aie le cœur net : je pense à Anne-Marie.

Au premier détour qui me cache des Allemands, je m'arrête ; mon vélo dissimulé dans un fourré, à l'abri des regards indiscrets, j'avance avec prudence en direction de la ferme, à travers un champ entouré de haies.

Aucun bruit ne se fait entendre, sauf des piaillements d'oiseaux ; mon cœur bat fort. J'arrive à la haie, et un espace entre les branches suffit pour que j'aperçoive la ferme, aux murs blancs, aux toits de tuiles rouges couvrant plusieurs bâtiments.

Il y a une Citroën noire qui stationne devant le portail ouvert, et puis un camion militaire, un autre side-car, et des soldats casqués se tiennent un peu partout, eux aussi leur mitraillette au poing, prêts à s'en servir.

J'en ai la gorge serrée, je me sens intimidé, en danger. Voilà que la guerre et l'occupation me touchent encore plus directement ; tout à l'heure mon père, et maintenant...

Le temps passe, j'attends – il m'est impossible de partir –, collé à ma place, les yeux rivés sur la ferme.

De l'autre côté de la haie se trouve un fossé. Tout à coup un faible bruit se fait entendre juste devant moi ; quelque chose bouge dans le trou. Un animal ? Une tête se dresse. Il fait jour encore, je reconnais sans peine Anne-Marie. Elle regarde un instant sa maison avant de se cacher à nouveau. Je l'appelle tout bas par crainte d'attirer l'attention des soldats, puis un peu plus fort. Elle réagit ; j'enfonce mon visage dans la haie pour lui annoncer :

— C'est moi, Lucien. Viens me rejoindre. Tu peux ?

Elle ne répond pas, mais commence à ramper dans le fossé ; je la perds de vue ; elle connaît sûrement un passage : deux minutes après, elle est près de moi, le visage bouleversé, et se jette sur mon épaule. Elle pleure, je lui dis de se calmer, en caressant ses longs cheveux.

À la fin, elle raconte à voix basse qu'à l'arrivée des Allemands elle se trouvait dehors et qu'elle a eu le réflexe de se cacher. Depuis, elle ne bougeait plus.

— Je devrais peut-être rentrer, Lucien, tu ne crois pas ?

— Attends. Qu'est-ce qu'ils veulent, les boches ?

— Je ne sais pas. Parfois des gens viennent passer la nuit chez nous ; mes parents m'ont interdit d'en parler.

— Je connais. À croire que tout le monde est dans la Résistance.

— Ne pense pas ça, Lucien. Nos voisins font du marché noir[1] au contraire et traficotent avec les Allemands ; il y en a d'autres...

Nous nous taisons, car le devant de la ferme s'anime. Un groupe paraît : des soldats entourant les parents d'Anne-Marie, des hommes en civil, un officier reconnaissable à sa casquette... Tout le monde prend place dans les véhicules. Non, pas tout

1. Vente de produits rares à des prix élevés.

le monde, car l'officier lance des ordres, pour nous incompréhensibles, et des soldats rentrent dans la ferme, d'autres s'égaillent tout autour, disparaissent à nos yeux. La voiture et le camion repartent.

— Mes parents..., murmure Anne-Marie d'une petite voix plaintive.

— Tu vas venir avec moi à Carentan. Tes parents seront bientôt relâchés, j'en suis sûr. Et d'abord, les Alliés vont débarquer, on est presque libres, Anne-Marie, tu entends, presque libres.

Ma copine fixe sur moi un visage toujours couvert de larmes, mais sa bouche ébauche un faible sourire :

— D'accord, Lucien. Merci.

Chapitre 4

Le ronflement des moteurs des véhicules allemands s'estompe et disparaît. En revanche, venant du côté de la route, un bruit de voix se fait brusquement entendre ; nous ne bougeons plus, prêtant l'oreille. Le bruit reprend ; il faut se rendre à l'évidence : au moins deux soldats se sont installés dans l'herbage et nous barrent le chemin. Ils ne peuvent nous apercevoir là où nous sommes, mais en quittant l'abri de la haie, nous tomberons en plein sur eux. Le premier moment de découragement passé, je propose à voix basse :

— On va s'éloigner en longeant les buissons. Tu crois que c'est mieux à droite, ou à gauche ?

— Je n'en sais rien. On risque de rencontrer d'autres soldats. Tu as vu tout à l'heure qu'ils se dispersaient autour de la ferme.

— Pourquoi ils font ça ?

Anne-Marie confirme ce qu'elle vient de me dire : des gens se réfugiaient assez souvent à la ferme, la nuit. Les Allemands l'ont sans doute appris. Ils espèrent que des gens viendront cette nuit chez les parents d'Anne-Marie ; ils ont tendu pour cela ce qu'on appelle une souricière. La preuve : ils n'ont pas allumé les lampes dans la maison bien que le soir tombe, et les fenêtres sont grandes ouvertes.

— On fait quoi alors ? demande ma copine.

— Le mieux, c'est d'attendre. Quand il fera noir, on essayera de se faufiler. Mon vélo n'est pas loin, tu monteras sur le cadre, et en route pour Carentan.

— Et le couvre-feu ? Les patrouilles ?

— Tu as une autre solution ?

Anne-Marie ne répond rien. Le temps passe, je devine à quoi pense mon amie ; je lui prends la main pour lui donner du courage. Encore une fois, elle me fait un pâle sourire.

Par moments, les Allemands au bout du champ échangent quelques mots. Ils ne bougent pas. Ce serait trop beau s'ils s'en allaient.

Anne-Marie s'est recroquevillée à côté de moi, je n'ose plus lui parler, encore moins caresser à nouveau ses cheveux ; le ciel s'assombrit encore, mes pensées vagabondent, je pense à des choses bêtes, j'ai faim. Vers dix heures, nous entendons des bruits d'avions au-dessus de nos têtes, puis ceux de bombes ; elles ne visent pas Cherbourg, elles tombent bien plus près. Ensuite le calme revient.

Ça y est, la nuit arrive, avec des nuages qui passent dans le ciel ; la lune se montre, disparaît, se montre encore avant d'être à nouveau cachée.

— On y va ?

— Si tu veux...

Et nous voilà partis en rampant, lentement, profitant de l'obscurité, évitant de faire du bruit, la tête collée au sol, priant le ciel d'attendre que nous soyons passés avant de dévoiler la lune. Anne-Marie connaît le terrain mieux que moi, c'est elle qui va devant. Les Allemands ne bougent pas, nous avançons. Bien sûr, il y a une alerte : une branche morte qui craque sous mon coude. Nous voilà immobiles, épouvantés. Les autres n'ont rien entendu, nous reprenons notre progression.

Enfin, la route est atteinte ! Les soldats que nous avions repérés se trouvent à cinquante ou soixante mètres, pas plus. Je souffle :

— Tant pis pour le vélo, c'est trop dangereux de le récupérer.

On se redresse et on part à pied, longeant la route cette fois, avec précaution d'abord, puis de plus en plus vite.

Après un bon moment, nous nous arrêtons. Sainte-Marie est derrière nous, mais il est impossible de galoper ainsi jusqu'à Carentan, distant de dix kilomètres.

— On va y arriver, dit ma copine, surtout qu'il y a des raccourcis pour éviter la courbe que fait la route. Tu n'as qu'à me suivre.

Nous repartons en marchant, le cœur plus léger. Ma chemise est sale, la robe d'Anne-Marie aussi, avec une belle déchirure sur le côté. Je regarde ma montre ; le couvre-feu débute à onze heures et demie, et il est plus de minuit. Un jour nouveau vient de commencer, le 6 juin 1944...

Je ne sais pas si Anne-Marie connaît bien les raccourcis, en tout cas elle marche d'un bon pas dans des chemins creux et sombres, où les haies sont très hautes, comme soudées aux talus par de profondes racines. Parfois, nous passons à proximité d'une ferme, d'un ruisseau, d'un verger où des pommiers montrent déjà leurs fruits, hélas ! immangeables en cette saison. Dans les pâtures, nous apercevons des vaches immobiles, en revanche les chemins sont complètement déserts. Par endroits, nous traversons des nappes de brouillard léger ; des moustiques tournent autour de nos bras et de nos jambes et nous attaquent : ils sont innombrables maintenant dans notre région depuis que les occupants ont remis de l'eau dans les anciens marais asséchés.

Je reprends confiance ; je suis heureux qu'Anne-Marie soit près de moi, qu'il nous arrive ensemble une aventure. Pourvu qu'elle se termine bien. Je pense à ses parents... Et dire que mon père à moi est en train de saboter des câbles électriques !

Tout à coup, au-dessus de nos têtes, quelque chose d'extraordinaire trouble, en un instant, la nuit et le silence : du côté de la mer, très proche, l'horizon s'éclaire partout à la fois, des fusées multicolores montent du sol, si intenses que notre chemin en est illuminé par moments. Des traînées lumineuses, rouges et blanches, traversent le ciel et un vacarme puissant nous vrille les oreilles, fait à la fois de vrombissements d'avions brusquement surgis, volant à si basse altitude qu'on les distingue nettement, et de multiples explosions sèches provoquées par les DCA allemandes installées dans les environs.

Anne-Marie et moi restons cloués au sol, si surpris que nous ne sentons pas la peur. Tout cela dure peu de temps ; très vite les avions disparaissent, les lumières s'effacent, un grand silence succède à ce bruit assourdissant. Seulement, bien au-dessus des haies, on aperçoit maintenant, dispersées sur l'étendue du ciel, des formes arrondies, vagues, qui descendent lentement vers la terre, soutenant des silhouettes humaines.

— Des parachutes..., souffle ma copine.

— Je le vois bien.

— C'est qui ?

Nous n'osons pas encore y croire, mais Anne-Marie doit penser comme moi : ce sont les Alliés qui arrivent ; on croyait qu'ils débarqueraient sur les plages, ils viennent par les airs ! Une remarque idiote sort de ma bouche :

— C'est pas le Pas-de-Calais ici...

Ma copine a des pensées plus terre à terre :

— Qu'est-ce qu'on fait ? demande-t-elle.

— Heu... On continue. Que faire d'autre ? Ce n'est pas encore le moment d'aller offrir des fleurs aux libérateurs.

— D'accord.

Nous repartons, scrutant les environs autant que l'obscurité nous le permet, et prêtant l'oreille. La tête bourdonnante, je ne peux m'habituer à l'idée que les Alliés arrivent. Voilà si longtemps que nous les attendons ! J'espère ne pas me tromper...

Les minutes passent. Anne-Marie m'attrape soudain le bras :

— Écoute...

Des ronflements de moteurs se font entendre, ils se rapprochent ; nous nous jetons dans les hautes herbes.

Le bruit augmente. Et puis, tels des fantômes noirs, passent, en cahotant sur le chemin, des side-cars, et une camionnette avec sa mitrailleuse pointée sur la plate-forme. Ce sont des soldats allemands, certainement à la recherche des parachutistes.

Nous ne bougeons pas ; la troupe s'éloigne ; le bruit s'atténue peu à peu.

— J'ai horreur de la guerre, murmure Anne-Marie. Nous la vivons depuis cinq ans et je n'arrive pas à m'y habituer. Rien n'est plus mauvais au monde que la guerre. La peur, la mort, des ruines.

— Sûrement. Pourtant, on est bien obligé de se défendre lorsque l'on est attaqué. Hitler et les nazis nous ont attaqués. Ils veulent conquérir et dominer l'Europe, ils se croient une race supérieure, ils torturent, ils tuent, ils pillent. La guerre qu'on leur fait est juste.

— Je sais. Tu as raison.

Le silence est revenu dans les alentours ; Carentan se trouve loin encore, j'imagine ; en tout cas, le chemin que nous parcourons m'est complètement inconnu.

— Allons-y, Anne-Marie.

— Allons-y, Lucien.

Elle me sourit ; j'aime son sourire, je le suivrais au bout du monde. Le chemin devant nous est une bande grise et vide.

Vide ? Un cri soudain nous paralyse :

— Stop !

Chapitre 5

Une longue silhouette s'est dressée devant nous, comme surgie de nulle part. Un soldat ! Ce n'est pas un Allemand, je le reconnais d'un coup d'œil à la forme différente de son casque, rond, recouvert d'un filet de camouflage, sans courbure sur les oreilles, retenu sous le menton par une lourde lanière de cuir. L'homme qui le porte a un visage maculé de traces noires comme si quelqu'un s'était amusé à le barbouiller de suie. Il est vêtu d'un uniforme que la pénombre obscurcit ; le blouson est déformé par un sac à dos et de multiples poches gonflées. À sa taille pendent un étui à revolver ainsi que des grenades, une gourde, un masque à gaz... Ses mains serrent une carabine contre sa poitrine, un étui à poignard est fixé sur l'un de ses mollets. Il semble aussi surpris que nous par cette rencontre.

Il nous interpelle à mi-voix, en anglais certainement, car nous ne reconnaissons pas non plus les intonations gutturales des mots allemands. Et ce n'est pas de l'espagnol, langue que j'apprends en classe. De toute façon, Anne-Marie et moi ne comprenons rien aux paroles qui nous sont adressées : nous sommes trop troublés.

Le soldat sort d'une de ses poches un drôle d'objet métallique de la grosseur d'un doigt. Lorsqu'il appuie dessus, il produit un son bref et strident, semblable à celui d'un criquet, mais plus fort.

Aussitôt deux autres criquets lui répondent et d'autres soldats surgissent près de nous. Ils ont le même air étonné que le premier en nous apercevant et ils commencent à nous interroger tous à la fois, sans plus de succès. L'un d'entre eux tient une carte dessinée sur un tissu qu'il éclaire à l'aide d'une torche. Il nous fait signe d'approcher et nous demande, avec un grand sourire engageant :

— Poupeville ? *Where ?* Où ?

Cette fois nous comprenons.

Anne-Marie tente de lui indiquer le chemin, à grand renfort de gestes. Poupeville n'est pas trop loin d'où nous sommes, du côté de la baie des Veys à droite des plages de la Madeleine. Les soldats approuvent, consultent leurs montres ; celui qui tient la carte – je suppose que c'est leur chef – nous dit d'un ton persuasif :

— *You, go home !* Vite ! Danger !

Son bras a un mouvement circulaire, sa bouche accompagne la mimique :

— Pan ! pan ! pan ! Boum ! boum !

— Il a raison, approuve Anne-Marie, mais nous ne sommes pas les seuls à être menacés.

Elle essaie d'expliquer aux Américains, ou aux Anglais, que nous venons de voir passer un groupe d'Allemands. Le chef a l'air de comprendre à son tour, il lance un ordre et tous les autres se remettent en marche, non sans nous adresser des gestes amicaux.

— *You, go home !* répète le chef.

— On s'en va, promet Anne-Marie.

J'ajoute énergiquement :

— *Yes !*

Les voilà déjà disparus, avalés par la nuit. C'est comme si nous avions fait un rêve.

— Des Anglais ou des Américains, murmure ma copine. On ne leur a même pas sauté au cou, ni dit combien nous étions heureux de les voir. C'est sûr maintenant qu'il s'agit bien de nos libérateurs.

Elle a raison ; seulement, nous avons des excuses, compte tenu des circonstances. Je propose de repartir.

— Oui, et en vitesse, approuve Anne-Marie. Tu as entendu l'officier : pan, pan, boum, boum...

La plaisanterie ne me fait pas rire ; j'accélère l'allure. Au début, nous parlons encore de notre incroyable rencontre. Ensuite, nous nous taisons, économisant notre souffle. Et voilà que le silence qui nous entoure est brusquement rompu par des coups de feu. Nous nous jetons à plat ventre contre une haie. J'émets l'hypothèse que ce sont peut-être nos soldats qui ont été attaqués. Anne-Marie réagit :

— Nous n'allons pas dans la même direction.

— Va savoir.

Anne-Marie n'apprécie pas ce manque de confiance dans son sens de l'orientation. Je me tais.

Nous ne voyons rien, nous ne savons même pas si la fusillade est proche ou lointaine. Puis le silence revient, et notre marche reprend malgré l'inquiétude qui grandit en nous. Anne-Marie décide de dévier un peu de l'itinéraire qu'elle a prévu. Moi, je ne connais pas le coin, je la suis comme un toutou, comme un Tabouche des jours où il obéit, sans plus aucun commentaire.

Quelques minutes plus tard, d'autres coups de feu nous précipitent une nouvelle fois à terre. Le bruit arrive de plusieurs endroits à la fois, on dirait qu'il nous encercle. La nuit est zébrée, un instant, de lueurs vives.

À nouveau, le silence.

Nous attendons un bon moment avant de nous remettre en route ; Anne-Marie décide un nouveau détour. Moi, je suis de plus en plus persuadé que nous sommes en train de nous perdre dans le bocage. Je propose :

— Et si on attendait le lever du jour pour continuer ?

Anne-Marie hésite :

— On ne peut pas rester au milieu du chemin.

Nous marchons, d'un pas bien moins assuré qu'au début. Quand la lune réapparaît un moment, éclairant la masse noire d'un bâtiment dans un champ voisin, notre réaction est immédiate :

— Allons-y.

La haie semble infranchissable ; il doit pourtant y avoir un passage. Nous finissons par le trouver et nous approchons de la construction avec prudence.

Il s'agit d'une grange ouverte aux quatre vents ; pourtant, avec un toit au-dessus de nos têtes, il nous semble avoir trouvé un véritable refuge.

— On reste là ? demande Anne-Marie.

— On reprend des forces, d'accord ? On verra après.

Nous nous installons côte à côte sur la paille.

— Je me demande où sont mes parents, soupire Anne-Marie.

Je pense aussi aux miens. Heureusement qu'ils ne s'inquiètent pas à mon sujet : mon père croit que j'ai rejoint ma mère, et ma mère, elle, ne sait pas que je dois la rejoindre. Mes nerfs se détendent ; j'ai sommeil tout à coup ; impossible de résister, d'empêcher mes yeux de se fermer.

Soudain, ma copine me saisit le bras ; je sens son corps raidi, sa bouche souffle dans mon oreille d'une voix effrayée :

— Écoute...

J'obéis, sans rien entendre tout d'abord ; puis il me semble qu'un bruissement s'élève dans l'herbage proche, comme si on rampait dans notre direction. En un instant ma tête s'enflamme ; je pense aux Allemands : ils nous ont entendus, ils se demandent qui nous sommes, ils avancent cachés, leurs armes braquées. Ils ignorent que devant eux se trouvent seulement deux enfants sans défense ; ils vont tirer, nous tuer dans cette obscurité profonde ! Que faire ?

La lune, la lune qui joue avec les nuages, nous envoie un rayon, juste à ce moment. L'herbage s'éclaire assez pour nous permettre d'apercevoir des silhouettes familières, un groupe de vaches qui ont senti notre présence, et qui remuent, en se demandant ce qui se passe sous la grange.

CHAPITRE 6

Nous rions de soulagement après cet instant de panique ; ensuite, je demande à Anne-Marie de me dire franchement si elle sait où nous sommes.

Elle hésite avant de me répondre. Elle croit que nous avançons bien du côté de Carentan, mais elle n'en est plus tout à fait sûre. Ça ne fait rien, je suis complètement réveillé maintenant, l'esprit clair. Il faut continuer, sortir de ce bocage de prés gras et entourés de haies, creusé de chemins étroits qui ne mènent nulle part pour ceux qui ne l'habitent pas.

— Viens.

Nous repartons, même si nos jambes sont raides de fatigue. Nous nous habituons aux fusillades lointaines qui reprennent de temps à autre, imprévisibles et incompréhensibles : rafales, coups de feu isolés, claquements sourds. On ne cherche même plus à se cacher.

Bientôt nous apercevons, non plus une grange, mais bien quelques silhouettes noires de maisons dressées les unes à côté des autres, portes et volets clos, au travers desquels aucune lumière ne brille. Je demande :

— Tu connais ?

— Non, répond Anne-Marie. Tant pis, on va réveiller quelqu'un pour nous renseigner.

Une voix proche claque soudain. Elle nous fait sursauter :

— N'avancez pas, jeunots. C'est plein d'Allemands par ici.

Nous ne les avions pas vus ; ils sont pourtant à quelques pas de nous seulement : deux soldats semblables à ceux que nous avons rencontrés tout à l'heure, à la différence près que celui qui a parlé l'a fait en français, avec un drôle d'accent, mais en bon français tout de même.

L'autre, le deuxième soldat, se tient appuyé contre un arbre ; il porte l'un de ses bras en écharpe contre sa poitrine, tenu par une bande de toile ; il doit être blessé, son visage est crispé malgré l'effort qu'il fait pour nous sourire.

— Dites donc, reprend le premier soldat, ce n'est ni l'heure ni l'endroit pour se promener.

— On le sait bien, réplique Anne-Marie d'une voix hésitante, mais nous n'avons pas choisi. Qui êtes-vous, d'abord, s'il vous plaît ? Vous parlez français...

— Mon nom est Pierre-Henri, mais on m'appelle Peter. Mon copain, c'est Steve, et nous appartenons à la cent unième division aéroportée des États-Unis, les « Aigles hurlants ». Je parle français, car mes aïeux sont venus de France voilà longtemps s'installer en Louisiane, et je peux vous appeler « cousine », mademoiselle, tout comme un Canadien...

Anne-Marie et moi ouvrons de grands yeux ; mais cette fois je reprends vite mes esprits et je dis à Peter notre joie de rencontrer des soldats alliés. Il m'interrompt un peu sèchement :

— C'est pas le moment de bavasser[1], l'ami. Trop dangereux. Éloignez-vous en vitesse de par ici tous les deux. *Goodbye !*

Tout en nous parlant, le soldat s'approche de son camarade. Ce dernier s'accroche à son cou et ils commencent à marcher, à pas lents... Anne-Marie annonce alors à mi-voix, d'un ton décidé :

— On va vous aider.

Peter la regarde ; malgré la pénombre, je vois son visage énergique sali de maquillage noir. Ses yeux brillent, il sourit largement à ma copine, mais hésite :

— D'accord, cousine, merci. Mais vous nous accompagnerez seulement jusqu'à la haie du grand champ devant nous. Après, c'est trop risqué.

1. Bavarder inutilement.

Le blessé s'appuie à nouveau sur l'épaule de Peter. Moi, je le soutiens comme je peux. Anne-Marie prendra le relais plus loin.

Nous avançons ainsi, contournant les maisons. Petit à petit, la démarche de Steve devient plus pesante, sa respiration plus courte. Nous sommes bientôt obligés de nous arrêter derrière un bosquet d'arbres. Le blessé s'assied lourdement ; Peter lui parle en anglais – je pense qu'il l'encourage –, l'autre approuve de la tête.

Peter se tourne vers nous. Il essaie de rejoindre les parachutistes de son unité, explique-t-il, du moins ceux qui ne sont pas dispersés dans la nature.

— La DCA allemande a forcé nos avions à s'écarter de la route prévue.

Peter nous raconte que, par chance, lui s'est retrouvé, avec d'autres, juste à l'endroit qui leur avait été désigné. Il semble bien bavard.

— Dès l'atterrissage, tandis que nos copains s'installaient, nous sommes partis à trois explorer les environs ; une patrouille ennemie nous est tombée dessus ; c'est alors que Steve a été blessé. Notre troisième camarade est retourné en vitesse prévenir le groupe, et nous deux avons battu en retraite plus lentement. Maintenant vous savez tout, cousin et cousine.

Nous savons tout : c'est vite dit. En vérité, je ne comprends rien à la façon dont le débarquement se déroule. Anne-Marie non plus sans doute, car elle interroge :

— Nous avons vu des parachutistes, tout à l'heure, et rencontré d'autres soldats avant vous ; ils cherchaient le village de Poupeville. Vous le cherchez aussi ?

Peter rit en répondant :

— Non. Chaque groupe a son objectif. Le mien doit installer une aire d'atterrissage pour d'autres avions qui vont amener du matériel et des renforts. Nous occupons des endroits stratégiques avant le vrai débarquement. D'autres commandos agissent de la même façon, sur toute la côte. Vous n'avez encore rien vu, les jeunes...

Peter nous donne tous ces détails sans hésiter. Anne-Marie doit avoir une tête qui inspire confiance. Et puis surtout, elle fixe sur Peter un air tellement admiratif... Ce qui provoque d'ailleurs en moi un sentiment désagréable. Surtout lorsqu'elle commence à raconter pourquoi nous sommes dehors cette nuit ; sa voix tremble en évoquant l'arrestation de ses parents, et notre soldat lui pose sa main sur l'épaule dans un geste à la fois de compassion et d'amitié. Je ne peux m'empêcher d'intervenir :

— Et l'aire d'atterrissage dont vous parlez, monsieur, elle se trouve où ?

— L'endroit s'appelle Hiesville, vous connaissez ?

Bien sûr que je connais ! C'est bien ce que je pensais : nous avons tourné en rond dans le bocage, Hiesville est tout proche de Sainte-Marie-du-Mont !

Anne-Marie, un peu vexée, fait la grimace. Il est temps ; Peter aide son camarade à se relever et l'encourage, avant de reprendre à notre intention :

— Vous, les jeunes, vous n'allez pas plus loin que les fourrés là-devant, c'est bien convenu : si les Allemands nous attrapent, nous serons des prisonniers de guerre, mais vous, des terroristes. On nous a dit comment ils traitent les terroristes...

Encore quelques pas, et nous allons nous séparer. Je regarde Anne-Marie, je sens qu'elle n'est pas d'accord, mais elle se tait, ses yeux brillants toujours fixés sur Peter.

Chapitre 7

Notre blessé fait des efforts visibles pour avancer, moins peser sur les bras d'Anne-Marie qui le soutient à son tour ; j'ai eu beau lui dire que je n'étais pas fatigué, elle a absolument voulu prendre ma place. L'ombre noire des fourrés se rapproche ; la lune s'en est allée, encore une fois. Peter s'immobilise tout à coup, sa voix nous ordonne :

— Couchez-vous, vite !

Il a vu ou senti quelque chose, l'esprit sans doute aiguisé par l'habitude du danger.

Steve gémit sourdement en se laissant tomber sur la terre, dure malgré l'herbe épaisse. Il était temps : pour la première fois de ma vie, j'entends des sifflements de balles au-dessus de ma tête, tandis que de rapides lueurs jaillissent devant mes yeux. Au loin, des cris rauques sont lancés en allemand.

— Restez à plat ventre et suivez-moi ! ordonne Peter. Il faut avancer, les cousins, comme des serpents.

Tout en parlant, il a empoigné son camarade et commence à le traîner au sol, avec une force décuplée par l'urgence du péril. Anne-Marie et moi obéissons ; je m'efforce d'aider Peter à tirer Steve. D'autres rafales crépitent vers l'endroit que nous venons de quitter. La panique m'envahit, même si j'essaye de lui résister.

Après une minute, notre groupe s'arrête pour reprendre son souffle. Steve prononce quelques mots en haletant avec force.

— Il veut qu'on le laisse et qu'on se sauve, explique Peter. Il a raison en ce qui vous concerne. Mais on va attendre le bon moment.

Le silence s'est fait du côté des Allemands. Que se passe-t-il ?

— Ils avancent, annonce Peter, continuons.

Nous repartons ; savoir les Allemands sur nos talons me donne une folle envie de me lever et de courir, mais notre blessé peine. Nous devons nous arrêter encore. Peter scrute les ténèbres ; sa voix s'est tendue :

— À ce rythme-là, ils vont nous encercler d'ici peu. Écoutez, voilà ce qu'on va faire : je vais les attirer sur moi, vous en profiterez pour fuir, les jeunes, dans la direction d'où vous êtes venus. Steve restera ici, il sera seulement fait prisonnier, j'espère. J'étais fou d'accepter votre secours, je me suis comporté comme un *bêtiseur*[1].

— Non, murmure Anne-Marie. Ne partez pas. Restons ensemble.

Peter lui coupe la parole. Il plaisante :

— Adieu, cousine, on se reverra peut-être. Ici, ou bien au bord de mon bayou[2] de Louisiane.

Sur ces mots, il se lance brusquement en avant, courbé, silhouette agile et vigoureuse. Il porte deux carabines, la sienne et celle de son camarade, courant aussi vite qu'il le peut dans la direction opposée à celle qu'il nous a dit de prendre. Durant une seconde, j'ai l'impression qu'Anne-Marie va s'élancer à sa suite ; je ne peux m'empêcher de lui saisir le bras. Elle ne bouge pas.

Nous le perdons de vue, mais ses armes se font entendre, indiquant le chemin qu'il suit. Les Allemands se lancent à sa poursuite, comme prévu ; leurs mitraillettes crépitent et le bruit s'éloigne peu à peu... Nous sommes sauvés pour l'instant !

Anne-Marie tourne vers moi un visage bouleversé :

— Il se sacrifie pour nous, murmure-t-elle. Ils vont le tuer.

1. *Faiseur de bêtises* : terme utilisé en Louisiane.
2. Bras de rivière, peu profond, au faible courant.

— Peut-être pas, dis-je. Calme-toi.

— Je n'aurais jamais eu le courage de faire ce qu'il a fait, continue Anne-Marie, et toi ?

Je ne sais que répondre.

Steve s'est dressé sur son coude, il nous fait un signe impérieux de partir. J'ignore ce qui nous pousse, Anne-Marie et moi, mais d'un seul élan, sans nous être concertés, nous nous précipitons sur lui, nous l'empoignons, nous le relevons presque de force.

— *No*, dit-il, *no*...

On ne l'écoute pas ; il est debout ; on le soutient, on l'entraîne. Il serre alors les dents, s'efforce de trouver des ressources pour avancer par lui-même, malgré sa blessure, malgré le sang qu'il a perdu.

Nous marchons et atteignons le chemin creux. Pas une lumière n'est apparue dans les maisons qui se trouvent là : les gens doivent se terrer au creux de leur lit, c'est normal ; nous avançons, un pas après l'autre. Moi aussi, je serre les dents.

— J'espère que Peter s'en est tiré, reprend ma copine, je n'oublierai jamais ce qu'il a fait pour nous. Un courage pareil, tu te rends compte...

Je ne réponds rien, cette fois encore. Elle a raison, mais je suis jaloux. Oh, j'aurais tant voulu que ce soit de moi qu'elle parle comme elle vient de le faire, de moi et non d'un autre ! Oui, voilà une action d'éclat qui en vaut la peine ! Rien à voir avec les grenouilles qu'on jette dans des boîtes aux lettres.

Nous marchons – pour changer... – mais la nuit nous réserve encore de terribles surprises : comme tout à l'heure, le ciel s'allume brusquement. Les Allemands ont disposé des batteries antiaériennes à Saint-Pierre-de-Varreville, à Azeville, à Crisbecq surtout, et en plusieurs autres endroits dans les environs. Et toutes ces batteries tirent sur une vague d'avions qui envahit à nouveau le ciel. Ceux-là volent à plus basse altitude encore que ceux qui ont largué les parachutistes au début de la nuit. Chacun traîne un long planeur.

Les fusées multicolores nous inondent de lumière, les obus éclatent avec leur bruit sec de branche cassée. Et puis les avions lâchent les planeurs, amorçant aussitôt une remontée dans les airs, accélérant l'allure dans un grondement plus puissant de leurs moteurs. Les planeurs, eux, au contraire, glissent vers le sol. On les distingue jusqu'aux moindres détails. Il suffirait presque de lever la main pour les toucher !

Le plus proche, juste au-dessus de nous, se colore brusquement de taches rouge vif et noires. Atteint de plein fouet par un projectile, il éclate, lançant des débris dans tous les sens. Nous hurlons !

Un autre planeur, un peu plus loin, plonge vers la terre ferme. Il rate son atterrissage, car un grand craquement se fait entendre tandis que l'arrière de l'appareil se dresse. Son nez a dû frapper une haie, une de ces haies de chez nous, aux racines profondes, scellées, indestructibles. Ou bien alors un arbre. Ses occupants sont sûrement morts ! Morts !

— Partons ! crie Anne-Marie d'une voix affolée.

Steve paraît encore plus secoué que nous par ce spectacle. Il nous faut le tirer pour qu'il nous suive, lançant avec peine force jurons incompréhensibles et douloureux. On devine qu'il veut se battre avec ses camarades, qu'il souffre de son impuissance...

Je ne sais où notre fuite nous mène ; Anne-Marie ne cherche même plus à se repérer. D'instinct, nous nous écartons de l'endroit où les atterrissages se sont déroulés, mais le bruit nous poursuit. De tous les côtés nous parvient, par intermittence, l'écho d'explosions, de coups de feu...

Chapitre 8

Nous attendions un miracle, le voici ! En fait de miracle, il s'agit plus précisément de l'apparition devant nous d'un alignement de pierres au bord du chemin, avec un ruisseau coulant derrière. Rien de plus banal. Seulement, Anne-Marie et moi, nous avons cent fois trempé les pieds dans ce ruisseau-là, à cet endroit précis, chaque été. Il se trouve à Sainte-Marie-du-Mont, à deux pas de chez nous !

Un simple regard échangé exprime notre joie, surtout que Steve est visiblement à bout de forces.

— On arrive, lui annonce Anne-Marie.

Comprend-il ? Je ne sais pas ; en tout cas, il nous sourit courageusement. Notre bourg surgit à nos yeux, aussi désert en apparence que l'étaient les maisons rencontrées tout à l'heure. On s'en fiche, on connaît le chemin, c'est même mieux ainsi : nous n'avons pas besoin de curieux pour nous accueillir. Pourtant, il nous semble entendre un instant des coups de feu du côté de la place de l'Église où aboutissent toutes les rues principales de Sainte-Marie-du-Mont. Au sommet du clocher, les Allemands ont installé un observatoire, à partir duquel ils surveillent le bourg et les environs, jour et nuit. Nous savons bien par où passer pour qu'ils ne puissent nous apercevoir.

Nous rasons des façades grises, enfilons une ruelle, puis une autre. Plus aucun bruit ne trouble le silence, et j'aperçois avec un immense soulagement le portail de ma maison et le panneau « Menuiserie » fixé au mur.

— Je dois avoir la clef...

Oui, elle se trouve bien dans ma poche. Nous y sommes ; le portail s'écarte, avec son petit grincement caractéristique, faute d'huile pour les gonds. Nous entrons dans la cour.

Au fond, la porte de la maison s'ouvre avant que nous l'ayons atteinte. C'est mon père ! Il me reconnaît, s'élance vers notre groupe.

— Lucien ! Que fais-tu là ? Je te croyais à Carentan. Et c'est toi, Anne-Marie !

Sa voix assourdie est pleine d'étonnement, surtout lorsqu'il découvre la présence de Steve.

— Un parachutiste ! Mon Dieu, il est blessé. Où l'avez-vous trouvé ? Que vous est-il arrivé ? Personne ne vous a vus, j'espère ?

Sans attendre notre réponse, il aide Steve à pénétrer dans la maison.

— Aide-moi, Lucien, on le monte dans ma chambre.

Mon père est un homme vigoureux : bientôt Steve se retrouve allongé sur le lit de mes parents. Il ferme les yeux, épuisé.

— Anne-Marie, vérifie que les rideaux sont bien tirés, j'ouvre la lumière. On va voir ce qu'il a. Pendant ce temps, Lucien, raconte-moi.

J'entreprends le récit de nos aventures depuis mon départ de Sainte-Marie-du-Mont, la présence des Allemands chez les parents d'Anne-Marie, nos deux rencontres avec les parachutistes... Ça me soulage de parler.

Steve gémit ; Anne-Marie remonte de l'eau et des serviettes propres ; mon père découvre la blessure de notre Américain, essayant de ne pas lui faire trop de mal, mais le sang a collé la chemise à la plaie.

— Je n'y connais rien, dit mon père. Il me semble qu'une balle est entrée dans l'épaule. Je vais aller chercher le docteur Pelletier.

Nous redescendons, laissant Steve dans la chambre. Questions et réponses s'enchaînent, aussi rapides que désordonnées. J'apprends que la mission de mon père s'est déroulée sans ennuis, qu'il savait que les parents d'Anne-Marie appartenaient à la Résistance et que des parachutistes ont dû aussi se poser près du bourg, car des coups de feu se font entendre par moments sans qu'il sache exactement ce qui se passe.

Mon père essaie de réconforter ma copine, de lui redonner de l'espoir :

— Tu penses bien qu'avec les événements de cette nuit les Allemands ont d'autres chats à fouetter que de s'occuper de tes parents. Ils seront bientôt libérés, j'en suis sûr, comme nous. Bon, j'y vais.

Je l'accompagne. Lorsque nous arrivons dans la cour, un claquement sec se fait entendre sur le volet du premier étage, puis un second. Quelqu'un lance des cailloux depuis la rue.

Mon père se précipite, entrouvre le portail, pousse une exclamation étouffée avant de s'effacer pour laisser entrer un homme que je ne connais pas.

Nous retournons à la maison. L'inconnu a dû courir : sa poitrine se soulève.

— Il faut que tu viennes tout de suite, Sanglier, dit-il d'une voix haletante, sans paraître remarquer ma présence, ni celle d'Anne-Marie.

Il parle bien à mon père, qui, en réalité, se nomme Jean-François. Et il continue :

— J'ai rencontré Danton qui était avec toi cette nuit... Il m'a dit où te trouver... L'affaire est grave...

— Raconte, tu peux parler librement.

L'homme explique, en reprenant peu à peu son souffle : il s'agit des batteries de canons installées sur l'éperon rocheux du Hoc, à quelques kilomètres de chez nous à vol d'oiseau, au-delà de la baie des Veys. Ces batteries dominent les plages où il semble bien maintenant que les Alliés doivent débarquer, à en juger par les parachutages de la nuit. Nul doute que les Alliés vont faire un effort particulier pour détruire cette fortification ; les bombardements ne suffiront pas, ils enverront des hommes...

— Et vois-tu, Sanglier, on vient de s'apercevoir que les canons ont été retirés de leur place, pour une raison inconnue. Alors, il n'y a plus besoin d'attaque spéciale : autant de vies humaines épargnées. Nos responsables ont prévenu Londres, seulement ils ne sont pas sûrs que le message soit bien parvenu. Je suis chargé de faire une nouvelle tentative. Saint-Just possède un poste émetteur ; seulement, il ne voudra pas envoyer une telle information à Londres si tu n'es pas avec moi pour lui dire qui je suis, et qu'on peut me faire confiance...

— D'accord, répond mon père, j'arrive. Mais nous ferons un détour : j'ai un blessé à la maison, je dois prévenir le médecin.

— Pas de détour, non ! Chaque minute compte ! Le débarquement par mer aura lieu à l'aube, dans deux ou trois heures. Il nous faut d'ici là rejoindre Saint-Just, lui faire envoyer le message, nous faire reconnaître par Londres... Le temps que nos amis vérifient, qu'ils préviennent le Haut Commandement allié... Rends-toi compte, c'est la vie de cinquante, cent, deux cents soldats peut-être que nous tenons entre nos mains...

Mon père me saisit le bras :

— C'est toi qui vas aller chercher le docteur. Fais attention en chemin.

Le visiteur semble s'apercevoir pour la première fois que j'existe. Il ajoute à mon intention :

— Oui, cette nuit est dangereuse.

Juste une brève étreinte comme celle d'hier au soir, et mon père disparaît, suivi par l'autre résistant. Mon père, je l'appellerai Sanglier désormais, moi aussi.

Anne-Marie est affalée sur une chaise, morte d'émotion et de fatigue. Elle relève la tête pour me demander une nouvelle fois si je pense que Peter a réussi à échapper à ses poursuivants :

— Je n'arrive pas à y croire, murmure-t-elle, un cousin de Louisiane. Je ne sais même pas où la Louisiane se trouve. Peter nous a dit son vrai nom : Pierre-Henri, cent unième division, les « Aigles hurlants ».

— Ouais, excuse-moi ; tu as entendu, mon père est parti en urgence. C'est moi qui dois aller chercher le toubib.

— Je sais.

Anne-Marie redescend sur terre. Elle m'accompagne jusqu'à la chambre des parents. Steve semble dormir en dépit de sa respiration difficile ; en tout cas, il ne bouge pas. Nous repartons sur la pointe des pieds.

— Bon, j'y vais ; je ne serai pas long.

C'est juste quand j'ouvre le portail que débute une bataille entre Allemands et parachutistes américains à Sainte-Marie-du-Mont.

Chapitre 9

Des détonations venant du centre-ville trouent le silence, puis une grenade explose au loin. Nous prêtons l'oreille. Ça faisait longtemps...

— Attends un peu avant de sortir, me demande Anne-Marie.

Le bruit reprend, d'autres détonations résonnent, par tout le bourg ; lorsqu'on les croit terminées, elles recommencent de plus belle.

Au bout de cinq minutes, je décide de sortir tout de même, en dépit de l'inquiétude qui me taraude. Anne-Marie s'accroche à mon bras.

— Tu es fou, je te dis d'attendre.

— Tu oublies le blessé.

— Non, mais on ne sait pas ce qui se passe au juste. Tu risques ta vie.

Je ne peux m'empêcher de répliquer :

— Notre cousin a bien risqué la sienne. Et moi, je ne suis qu'un Normand, pas un Américain de Louisiane.

— Idiot !

Anne-Marie dit la vérité : je ne suis qu'un imbécile. Mais je veux qu'elle s'inquiète pour moi aussi. L'occasion est trop belle de lui montrer mon courage et de le faire pour une raison qui en vaut la peine !

Cette idée me soulève ; sans réfléchir, je me dégage et je m'élance dans la rue. Le cri que pousse mon amie m'encourage plutôt qu'il ne me retient !

Les rues sont vides, mais, au premier tournant, j'assiste à un échange de coups de feu : on tire à partir de deux maisons situées face à face, pardessus les murs des jardins. Des vitres dégringolent ; je m'arrête un instant, hypnotisé, les pieds collés au trottoir.

Impossible de continuer par là ; mes pieds se détachent du sol, j'enfile une ruelle perpendiculaire, et tant pis si cela rallonge ma route pour arriver chez le docteur Pelletier.

Je galope, quand un cri étouffé se fait entendre :

— Lucien !

Je lève les yeux : c'est Pascal.

Sa tête apparaît dans l'ouverture d'une fenêtre de sa maison, abritée en partie derrière le volet. À ses côtés, je devine son père :

— Où vas-tu ? demande-t-il.

Pas le temps de répondre à mon copain ; son père enchaîne, d'une voix effrayée :

— Veux-tu bien rentrer chez toi ! Tu ne vois donc pas que des parachutistes sont arrivés au bourg. Tu vas attraper un mauvais coup, gredin !

— Ne vous inquiétez pas !

Je me suis à peine arrêté un instant, me voilà reparti en courant sans plus rien écouter.

Le docteur habite tout près de l'église, et c'est de là que proviennent les fusillades : impossible d'y échapper. Je galope, je galope toujours, sans écouter mon cœur qui cogne si fort dans la poitrine qu'on doit l'entendre à l'autre extrémité du bourg.

Soudain, une scène terrible se déroule devant mes yeux : un parachutiste américain, abrité derrière la grande pompe à eau, à l'angle de la rue du Joly, tire sur des Allemands qui courent entre le monument aux morts et l'église. Il a l'œil rivé sur sa carabine. À chaque coup, un Allemand tombe – ses camarades ont beau riposter, essayer de stopper son tir.

Je recule, affolé. Pourvu que personne ne me remarque !

Après un nouveau détour, la maison du docteur Pelletier se dresse devant moi ; mon coup de sonnette résonne longuement.

Un volet s'entrouvre au premier étage ; la maigre silhouette de Mme Pelletier se penche :

— Lucien... Attends, j'arrive.

La porte s'entrebâille ; j'entre. Une odeur d'encaustique me monte au nez, comme d'habitude. Mme Pelletier est en robe de chambre ; elle m'interroge :

— Que se passe-t-il ?

— Nous avons un blessé chez nous, un soldat. Il faut que le docteur vienne...

— Mon mari n'est pas là, Lucien, mais chez un malade. Il devrait bientôt rentrer. S'il arrive à passer...

— Vous pourrez lui demander de venir, s'il vous plaît ?

— Bien entendu.

— Merci.

Je m'apprête à repartir, Mme Pelletier veut me retenir :

— On se bat sur la place, tu n'as pas entendu ? Tout à l'heure des parachutistes sont tombés jusque sur le toit des maisons. J'en ai vu. Reste ici, tu seras à l'abri.

— Impossible, madame, Anne-Marie est seule avec le soldat.

Je ne sais pas du tout si Mme Pelletier sait qui est Anne-Marie, mais là n'est pas la question. Je me sauve ; la porte claque sur mes talons.

Il y a toujours des bruits de bataille, qui proviennent surtout du clocher où sont installés les Allemands. Ils utilisent une mitrailleuse, ou un fusil-mitrailleur – je ne sais pas –, leurs balles sifflent de tous côtés sur la place, s'enfoncent dans les arbres, égratignent les murs... Des ombres confuses s'agitent, plus ou moins abritées par les pauvres tilleuls sous lesquels je retrouve tranquillement Anne-Marie tous les jours !

En courant, je manque buter, un peu plus loin, sur un corps étendu par terre, celui d'un soldat, mort ou blessé, en tout cas immobile. La sueur coule sur mon front, et mon dos s'en couvre en un instant.

Par bonheur, les jambes continuent à me porter ; je me précipite dans la première rue qui s'ouvre devant moi.

À partir de là, le retour s'effectue sans difficulté. Ma maison apparaît bientôt et le portail s'entrouvre dès que je l'atteins : Anne-Marie me guettait derrière ; elle me saute au cou, m'embrasse avec force. Je me sens bêtement heureux.

— Ouf, j'ai eu si peur pour toi, souffle-t-elle.

Mon bonheur augmente encore ! Je réponds en fanfaronnant :

— Bah, ce n'était qu'une promenade.

Oh, que j'aime le regard qu'elle me jette !

Mon père n'est pas revenu ; Steve ne bouge pas, il geint dans son sommeil : peut-être a-t-il soif ?

— Et si boire lui faisait du mal ? se demande Anne-Marie tandis que j'apporte un verre d'eau.

Nous reculons, indécis.

Je raconte mon périple, parlant des fusillades et du soldat sur lequel j'ai buté. Anne-Marie répète qu'elle hait la guerre. Nous nous installons dans ma chambre, au premier étage, toutes lumières éteintes ; le rideau tiré, la rue apparaît, vide et noire. Pourvu que le docteur ne tarde pas.

Je ne sais quelle heure il est ; mon excitation se calme en dépit des coups de feu et des détonations qui continuent par intermittence un peu partout, dans le bourg et ses environs ; je me sens épuisé, l'envie de dormir me reprend ; je résiste : Anne-Marie doit être plus fatiguée que moi. Je lui propose de s'allonger :

— Ce n'est pas la peine de veiller à deux, je te réveillerai s'il se passe quelque chose.

Ma copine accepte, elle n'en peut plus, mais elle insiste pour prendre ma place d'ici une heure ou deux.

— Je compte sur toi.

— Sûr.

Elle s'endort très vite, sur mon lit, mais son visage reste tendu. Dans la rue, il ne se passe rien. Je me demande ce que font les voisins. Dorment-ils eux aussi, ou bien sont-ils comme moi en train de veiller derrière leurs fenêtres ? Peut-être ont-ils vu arriver le soldat américain ? Bah, aucun d'entre eux n'irait le dénoncer, ce sont des braves gens. Le médecin n'arrive pas, ni mon père...

Mon inquiétude grandit encore lorsqu'un ronflement sonore emplit la rue. Une voiture allemande, roulant à toute allure, passe devant la maison et s'éloigne aussi vite. Le bruit a été assez fort pour réveiller Anne-Marie. Je lui explique de quoi il s'agit.

— Les Allemands sont toujours là, me répond-elle la voix soucieuse. Tu ne crois pas qu'on devrait cacher notre Américain ?

— À mon avis, dans la situation actuelle, les Allemands ont autre chose à faire qu'à fouiller les maisons.

— Justement, est-ce que tu sais comment elle va tourner, la situation ?

Non, je n'en sais rien, mais cela me paraît difficile de dissimuler le blessé dans la cave ou dans l'atelier, derrière des planches.

— On peut au moins cacher son uniforme, propose Anne-Marie.

— C'est ça. Et on dira que le soldat est menuisier, comme papa, et qu'il a attrapé une balle à l'épaule en fabriquant une armoire.

Nous décidons de ne rien faire : c'est le plus facile. Anne-Marie prend ma place pour surveiller la rue ; moi, je m'allonge à mon tour.

Mon cerveau s'alourdit. J'essaie de me souvenir de tout ce qui est arrivé cette nuit : les rencontres avec les Américains, mon père et la Résistance, les avions dans le bocage, les parents de ma copine arrêtés, le soldat par terre, place de l'Église… Anne-Marie pense-t-elle toujours au cousin de Louisiane ? Je suis content de moi, et de ses réactions à mon retour de chez le docteur. Mais est-ce que je fais le poids contre ce Peter, sympa, visiblement plein de qualités, et qui vient nous délivrer par-dessus le marché ? Pas le temps de réfléchir au problème : ma tête tourne, je sombre.

CHAPITRE 10

Depuis un bon moment déjà, sans que j'en aie clairement conscience, mon sommeil est troublé par un bruit sourd qui enfle brusquement à tel point que la maison semble s'écrouler. Je m'éveille en sursaut ; les murs tremblent, un grondement envahit la chambre, des détonations puissantes se succèdent sans interruption.

Ma première idée est que Sainte-Marie est bombardé, mais le bruit vient de plus loin, de la mer, des plages. D'un bond, je suis à la fenêtre. Difficile de voir exactement ce qui se passe, car les maisons barrent la vue. Au-dessus d'elles, des éclairs jaillissent ; le ciel est plein d'avions volant à basse altitude, qui piquent du nez vers la terre ferme pour visiblement y lâcher des bombes.

Où est Anne-Marie ? Je me précipite sur le palier. La porte de la chambre de mes parents est ouverte. Le docteur Pelletier se tient au chevet de Steve. Il tourne vers moi sa bonne tête tranquille, et m'interpelle en souriant :

— Bonjour, Lucien. Tout va bien. J'ai retiré une balle de l'épaule du blessé, rien de trop grave, mais il a perdu beaucoup de sang. Il va dormir maintenant, je lui ai fait une piqûre…

Je ne sais que répondre, encore tout ahuri, et je dégringole l'escalier en appelant mon père et Anne-Marie.

La maison est vide, mais le portail ouvert. Les voisins commencent à sortir dans la rue, aussi agités que moi. Il est six heures et demie du matin si j'en crois l'horloge de la cuisine. Les gens crient, hurlent que c'est le débarquement, le vrai cette fois ; la joie de tous est visible, l'émotion, le soulagement, que sais-je encore ? La vieille demoiselle Robert, qui habite la maison d'à côté, en robe de chambre, des bigoudis plein les cheveux, annonce qu'elle va déboucher une bouteille de calva réservée depuis longtemps pour l'occasion. Et le cheminot retraité d'en face demande à son épouse où elle a caché le drapeau tricolore qu'il veut accrocher à son balcon.

— Attends un peu ! réplique la femme. Faut voir comment ça va tourner. Les Allemands ne sont pas loin, peut-être.

Je n'écoute pas davantage, car la voix de mon père se fait entendre :

— Lucien !

Il est de retour, sain et sauf ! Anne-Marie est avec lui : ouf, je respire.

— Viens !

Je le rejoins, il s'est mis à courir en direction du centre-ville, suivi par Anne-Marie et quelques autres. Du côté de la mer, le vacarme continue, toujours aussi puissant malgré la distance.

Près de l'église, aucune trace ne subsiste de la bataille qui s'est livrée cette nuit autour des arbres. Le soldat que j'avais vu par terre a disparu. Il reste seulement au sol une tache brune : du sang.

— Les Allemands sont partis, Lucien. Les parachutistes américains ont pris le bourg.

Mon père s'emballe, tout heureux, mais les gens que nous rencontrons nous disent que la Wehrmacht occupe toujours des bâtiments aux alentours, comme La Mallardière, sur la route de Carentan, où ils ont installé leur État-Major.

En tout cas, la chose est sûre, il s'agit bien du débarquement.

Je regarde Anne-Marie ; ses yeux brillent, mais je sais qu'elle pense aussi à ses parents.

— Il faut rentrer ! Hâtons-nous.

Mon père s'est arrêté de discuter, se souvenant du blessé à la maison. Nous repartons, pressant le pas.

Le docteur Pelletier bougonne en nous voyant :

— Ah, vous voilà enfin ! Je n'ai pas que ça à faire. Laissez votre blessé dormir ; s'il se réveille, donnez-lui une cuillerée de cette potion. Je repasserai vers midi.

Le docteur Pelletier est aussi potelé que son épouse est maigre. On dirait presque qu'il roule le long du trottoir lorsqu'il nous quitte, en se dépêchant, sa grosse trousse à la main.

Nous faisons chauffer du café – pas du vrai, mais de la chicorée amère qui le remplace –, sucré à l'aide d'une pastille de saccharine, un produit chimique, un ersatz comme on dit. Nous nous apercevons tous que nous avons très faim ; le mauvais pain fabriqué par le patron de mon copain Pascal nous paraît presque bon, avec une mince couche de margarine étalée par-dessus.

— Et les canons de la pointe du Hoc, papa ?

Mon père nous dit qu'un nouveau message est parti pour Londres, mais qu'il n'est sûr de rien quant au résultat. Une fois le petit déjeuner terminé, il nous quitte, en nous recommandant de veiller sur notre Américain :

— Je vais retrouver mes amis, la guerre n'est pas terminée. J'essaierai aussi d'avoir des nouvelles de tes parents, ma petite Anne-Marie, je te le promets.

Le tonnerre du débarquement s'arrête vers les neuf heures du matin. Cela n'empêche pas de nouveaux passages d'avions alliés dans le ciel, ni des bruits de bataille autour de Sainte-Marie-du-Mont.

Le blessé dort. Nous guettons à la fenêtre. Les passants sont plutôt rares et n'ont rien de nouveau à nous apprendre. Le poste de radio ne fonctionne plus, faute d'électricité. Nous rageons d'être cloués à la maison, mais mon père ne revient pas et on ne peut abandonner Steve pour aller aux nouvelles.

Il est plus de midi lorsque éclatent à nouveau quelques coups de canon. Cette fois, c'est bien sur le bourg qu'on tire, aucun doute.

Le silence revient vite, mais nous ne tenons plus en place. Il faut savoir ce qui se passe.

— Que l'un de nous reste ici, c'est suffisant, décide Anne-Marie. Jouons à pile ou face pour savoir qui.

C'est moi qui gagne.

— Bon, dis-je, je reviens tout de suite, juste un aller-retour place de l'Église.

Sur ces bonnes paroles, je me sauve.

Arrivé sur la place, j'écarquille les yeux : les coups de canon que nous avons entendus ont frappé le clocher de l'église, qui s'est en grande partie effondré sur la tour carrée datant du Moyen Âge.

Il y a du monde sous les tilleuls ; je me renseigne, et je n'y comprends rien. Qui a tiré ? Personne ne le sait. Certains disent que les Allemands se trouvaient encore dans leur observatoire, les autres affirment que les Américains les avaient déjà chassés. En tout cas, le bombardement n'a fait ni morts ni blessés, une chance miraculeuse.

Soudain, notre centre d'intérêt change du tout au tout. Un peu plus, nous ne les aurions pas entendus, et pourtant, les voilà ! Ce sont des chars américains qui arrivent, venant des plages ! De longues files de soldats les encadrent.

L'accueil est triomphal ! En un instant, il semble que tous les habitants du bourg se retrouvent autour des libérateurs. On crie, on s'embrasse ; les officiers ont beau lancer des ordres pour que les hommes restent à leur place – car les Allemands ne sont pas loin –, il n'y a rien à faire, l'émotion est trop forte ; l'enthousiasme grandit, enfle... Bientôt toutes les fleurs des jardins décorent les blindés. Les Américains sont aussi heureux que nous, ils ne se font pas prier pour serrer les filles dans leurs bras, et ils distribuent du chocolat et une drôle de gomme à mâcher en plaques qu'ils appellent « chewing-gum ». J'en prends pour Anne-Marie ; la friandise a un goût de menthe.

Mais bientôt, nous devons nous écarter : les blindés américains prennent de la vitesse, se lancent sur la route de Carentan, accompagnés des fantassins déployés, arme au poing, prêts à tirer...

Je resterais bien encore sur la place, surtout que d'autres soldats américains arrivent ; c'est un défilé qui commence, interminable, et tant mieux : je ne me lasse pas du spectacle. Mais Anne-Marie m'attend...

À la maison, Steve dort encore. Anne-Marie s'émerveille tandis que, tout excité, je lui raconte l'arrivée des Américains. Nous mangeons ensemble la plaque de chocolat que j'ai rapportée. Au lait. Ça fait des années que nous en avions oublié le goût.

Le chocolat terminé, ma copine se lève de sa chaise.

— À mon tour, dit-elle, j'y vais, je ne peux pas rater ça...

Anne-Marie me sourit et s'élance hors de la maison.

L'après-midi s'écoule ; Steve ne bouge pas, le docteur nous avait prévenus. J'écoute les bruits qui me parviennent. Les fusillades continuent, mais semblent s'éloigner. J'essaie d'imaginer ce qui se passe. Il n'y a toujours pas d'électricité, donc pas de TSF. J'ai faim : mine de rien, nous avons sauté le repas de midi, qu'un morceau de chocolat ne peut remplacer.

Enfin, Anne-Marie revient, enthousiaste. Elle m'apprend que les Américains continuent d'arriver : soldats, blindés, véhicules de toutes sortes. Il paraît que les Allemands sur les plages de la Madeleine n'ont rien pu faire pour les empêcher de débarquer, étant assommés par un déluge de feu. Il y a pourtant eu des morts et des blessés, des deux côtés. D'autres débarquements se sont déroulés ce matin, sur d'autres plages normandes... Par chez nous, la nuit dernière, les parachutistes américains se sont emparés de Sainte-Mère-Église, qui se trouve à l'intérieur des terres et où passe la voie ferrée allant à Cherbourg. On parle de gros incendies dans ce village et de combats au corps à corps...

Anne-Marie s'interrompt :

— Attends, tu ne sais pas le plus beau, j'allais oublier : on a arrêté tout à l'heure deux soldats allemands dans l'église. C'est le sacristain qui les a découverts. Il était en train de nettoyer les débris tombés du clocher. Ça faisait de la poussière et il a entendu tout à coup éternuer. Les deux Allemands étaient cachés dans un confessionnal. Tu te rends compte...

Nous rions. J'apprends aussi que d'autres soldats ont été faits prisonniers dans les environs, à la Mallardière en particulier. Les Américains font la chasse aux fuyards dans les champs, à coups de grenades. Des Allemands essayent de contre-attaquer, toujours sur la route de Carentan.

Un coup de klaxon retentit dans la rue. Une ambulance militaire est arrêtée devant la porte ; des brancardiers en descendent, accompagnés par le docteur Pelletier, qui a déjà trouvé le moyen de prévenir les Américains que nous avions un blessé.

Steve n'est qu'à moitié éveillé lorsqu'on l'embarque dans le véhicule. Il bafouille des mots en anglais, il nous remercie sans doute ; Anne-Marie ne peut retenir ses larmes. Steve cligne de l'œil dans ma direction, lève un instant son bras avant de le laisser retomber.

L'ambulance repart, emmenant aussi le docteur. Anne-Marie renifle.

— Tiens, dit-elle, on va se consoler.

À son tour de sortir de sa robe une plaque de chocolat. Je ne peux m'empêcher de réagir :

— Dis-donc, tu as dû donner de gros bécots aux soldats, j'imagine.

— Pas mal, en effet, répond-elle en me jetant un regard malicieux.

CHAPITRE 11

Mon père est de retour. Il n'a encore aucune nouvelle de Carentan, ni des parents d'Anne-Marie. Nous mangeons des pommes de terre : il ne reste pas grand-chose d'autre dans le garde-manger de la maison ; encore heureux que nous en ayons, car beaucoup de familles sont obligées de remplacer les pommes de terre par des ersatz qu'on donne d'habitude aux animaux : topinambours et rutabagas au goût de navet... J'appelle mon père « Sanglier », ça le fait sourire ; il me confirme que chaque résistant porte un pseudonyme, par sécurité.

Sanglier, donc, propose à Anne-Marie de rester chez nous quelques jours en attendant que l'horizon s'éclaircisse :

— Tu prendras la chambre des jumelles.

Vous parlez si je suis d'accord ! Anne-Marie accepte, en annonçant qu'elle ira pourtant à la ferme le lendemain, à la première heure. Elle s'inquiète pour les bêtes. Il faut traire les vaches ; le bouvier qui travaille avec ses parents avait justement pris un jour de congé. Sera-t-il de retour ? Il ne doit rien savoir de l'arrestation de ses patrons.

— Il n'y a plus de danger ; d'après ce que je comprends, les Allemands ont bien été chassés des environs. Je ramènerai aussi des vêtements de rechange.

Mon père est d'accord, nous recommandant la prudence à tous les deux, puisque j'accompagnerai ma copine. Cette nuit-là, je dors comme une souche, épuisé par les événements qui se sont succédé depuis la veille au soir. Mais, tôt le lendemain, je suis sur pied. Anne-Marie a été encore plus matinale que moi.

Nous quittons la maison après le déjeuner. Le bourg est plein d'animation ; il n'y a pas que nos voisins pour avoir accroché des drapeaux aux fenêtres. Des drapeaux français, mais également américains, anglais, russes. Combien de femmes en ont cousu en cachette le soir ces dernières semaines, tandis que les patrouilles de la Wehrmacht passaient encore dans la rue, martelant les pavés !

Beaucoup de gens sont dehors, regardant le défilé des troupes qui vient des plages et ne tarit pas, sans souci de la canonnade plus ou moins proche, ni du survol incessant des avions alliés. Des soldats au casque blanc et au brassard marqué des lettres MP[1] pressent et dirigent les militaires qui traversent le bourg en hâte pour rejoindre les champs de bataille.

Tandis que nous marchons en direction de la ferme d'Anne-Marie, il nous vient la même idée : jeter un coup d'œil sur les plages où a eu lieu le débarquement. Des MP surveillent aussi la chaussée qui y mène, mais en passant par le chemin de Vierville, il est possible de se rapprocher du hameau de la Madeleine ; je connais des endroits où l'eau sur les terrains inondés ne monte pas plus haut que les genoux.

Bien sûr, les plages sont assez éloignées, mais d'où nous sommes, on aperçoit la mer. Au large sont alignés, sur plusieurs rangs, d'innombrables navires, de tailles différentes : des croiseurs, des destroyers, d'autres encore dont j'ignore le nom. Sans parler des barges qui ont dû amener les troupes sur le rivage. Le spectacle est impressionnant. Tant de bateaux rassemblés...

On voit mal, mais des soldats s'affairent sur les dunes. Ce sont sans doute des démineurs, chargés de rendre inoffensifs les « jardins de l'enfer », comme on appelle chez nous les champs de mines. Nous rebroussons chemin.

1. *Military Police* (« police militaire »).

En arrivant chez elle, Anne-Marie est visiblement déçue ; je pense qu'elle espérait retrouver ses parents, qui seraient miraculeusement revenus à la ferme. Hélas, la ferme est vide, elle a même été pillée ! Vaches et volailles ont disparu, les portes sont ouvertes, comme les meubles ; le contenu des tiroirs et des placards gît à terre, excepté ce qui a été volé, d'après ce que constate Anne-Marie, effarée, les larmes aux yeux...

Qui a pu agir de la sorte ? Les soldats allemands ? Des voleurs à l'affût profitant des événements ? En une seule nuit en plus !

J'accompagne Anne-Marie dans les fermes voisines pour essayer de nous renseigner. Celle dont les propriétaires traficotent avec les occupants est vide, mais une bonne surprise nous attend dans la deuxième où nous nous rendons : les vaches sont là, enfermées dans l'étable ; le fermier les a récupérées dans les champs d'alentour où les animaux s'étaient enfuis, affolés par les canonnades du débarquement. Quant au pillage, il doit bien s'agir du vandalisme des Allemands qui occupaient la maison d'Anne-Marie l'avant-veille au soir.

Le fermier accepte de bon cœur de s'occuper du bétail retrouvé :

— T'inquiète pas, petite, tes parents vont bientôt rentrer.

Anne-Marie renonce à tout ranger, à tout remettre en place chez elle. Elle prend juste quelques affaires dans un sac, referme autant que possible les volets et les portes, tout en s'efforçant de faire bonne figure :

— L'important, dit-elle, ce sont mes parents ; le reste, je m'en fiche.

Nous repartons. Il y a toujours autant de soldats, de tanks, de Jeep, de camions, qui arrivent au bourg après avoir traversé les marais inondés[1].

Tout à coup, un cri vibrant me fait sursauter :

— *Hello !* Cousine ! Cousin !

— Peter !

C'est bien lui ! Quelle sacrée surprise ! Il avance vers nous à grands pas, bras ouverts et mine ravie :

— Quelle chance ! s'exclame-t-il, je vous ai reconnus tout de suite.

Il nous serre contre sa poitrine, nous embrasse, surtout Anne-Marie, qui est devenue toute rouge, avant de reprendre :

— Et Steve ? Où l'avez-vous laissé ? Comment allait-il ?

— Steve va très bien, répond Anne-Marie. Nous l'avons ramené au bourg.

Elle raconte notre aventure et continue :

1. Dans la seule journée du 6 juin 1944, vingt mille hommes et mille sept cents véhicules ont débarqué sur les seules plages de la Madeleine, baptisées « *Utah Beach* ».

— On se battait dans les rues, et Lucien est allé chercher le médecin, malgré le danger. On tirait partout autour de lui : il aurait pu être blessé, ou pire.

Je bois du petit lait, comme on dit, en l'écoutant, et je prends un air modeste lorsque Peter me secoue la main de toutes ses forces pour me remercier. Il est visiblement heureux que son camarade n'ait rien de grave et qu'on ait pu l'évacuer.

À son tour, il raconte qu'il a eu lui aussi de la chance : les Allemands qui le poursuivaient ont perdu sa trace et il a pu retrouver son groupe. Cette nuit, il s'est battu, car la Wehrmacht réagit et contre-attaque : des camarades sont morts ou ont été blessés.

Peter n'en dit pas plus, parce qu'on l'appelle. Nous le regardons disparaître sans rien dire.

— Le reverrons-nous encore ?

— Qui sait ? répond Anne-Marie. Allez, on rentre.

Elle me prend le bras et le serre très fort ; c'est la première fois !

Plus loin, nous croisons notre ami Pascal ; il ouvre de grands yeux en nous voyant marcher si près l'un de l'autre. Anne-Marie lui fait un large sourire et nous passons notre chemin...

À midi, nous parlons de Peter avec mon père, tout en pelant le reste de nos pommes de terre autour de la table de la cuisine.

— C'est quand même drôle, papa, un garçon de la Louisiane qui parle français.

— Pourquoi drôle ? me répond-il. Depuis toujours les peuples se mélangent. Tiens, sur ces mêmes plages où les Américains débarquent, voilà plus de mille ans, les Vikings ont débarqué, des hommes des pays nordiques, qui ont laissé bien des traces en Normandie. De tels exemples sont légion dans le monde entier. Les Américains n'ont pas seulement des Français pour ancêtres, mais surtout des Allemands, des Irlandais, des Italiens...

— Mais alors, interrompt Anne-Marie, s'il y a de tels mélanges parmi les peuples, pourquoi se font-ils la guerre entre eux ? Ils se ressemblent. C'est de la bêtise, de la folie.

— Sans doute. Surtout qu'en réalité les ennemis héréditaires n'existent pas : les Américains ont mené leur guerre d'Indépendance contre les Anglais, aujourd'hui ils sont amis et alliés. La même chose entre la France et l'Angleterre, malgré Jeanne d'Arc ou les guerres du temps de la Révolution française...

J'écoute à moitié, je pense au bras d'Anne-Marie qui s'emparait du mien tout à l'heure, je la sens encore s'appuyer sur moi. Comme la vie sera belle lorsque nous aurons retrouvé chacun notre famille. Libres et réunis, quel bonheur !

CHAPITRE 12

La guerre est toujours proche de Sainte-Marie-du-Mont, car les Allemands résistent et tentent de repousser les troupes alliées débarquées. Maints combats se déroulent le long des côtes normandes, d'après ce qu'on sait. Nous avons appris qu'à la pointe du Hoc des soldats américains sont morts en montant à l'assaut de la citadelle. Les messages de la Résistance ne sont sans doute pas parvenus à destination.

Chez nous, les Américains continuent d'affluer en masse ; ailleurs, ce sont les Anglais et les Canadiens. Pour quitter les plages de la Madeleine, les soldats disposent de cinq sorties, qui correspondent aux chaussées traversant les terrains inondés. La sortie sur Sainte-Marie porte le numéro deux. Dans le bourg même, des canons antiaériens ont été installés dans un champ, face au haras.

Les Américains ont construit un vrai port artificiel près des plages, avec pontons et routes flottantes, où déjà des navires s'amarrent. Un ballon dirigeable est fixé au-dessus de chacun d'entre eux, pour gêner une éventuelle attaque d'avions allemands. On nous dit que treize navires ont été coulés au large. Les vagues fortes se brisent sur leurs carcasses avant d'arriver au port, adoucies. Des spécialistes achèvent de nettoyer les champs de mines, et les terrains d'alentour se couvrent de matériel, de caisses, de machines.

Un soir, nous reprenons la discussion avec mon père sur les pays qui sont une fois amis et une fois ennemis avec d'autres pays. Cette idée travaille Anne-Marie. Elle demande :

— Puisque les idées changent, monsieur, est-ce qu'un jour on pourra être amis avec les Allemands ?

Mon père est surpris par la question ; il hésite avant de répondre :

— Pourquoi pas ? Les pays se font la guerre parce qu'on dresse les peuples les uns contre les autres, en leur bourrant le crâne, en affirmant avoir besoin d'espace vital, d'une province, d'une colonie, et en se disant supérieur au voisin, qui est un voleur et ne mérite pas de vivre. C'est ce qu'on appelle un nationalisme poussé à l'extrême, et du racisme. Si les idées d'Hitler n'avaient pas convaincu les Allemands, nous n'aurions pas eu besoin de nous défendre contre eux. Quand ces idées disparaîtront, alors, oui, on pourra devenir amis.

Mon père n'est presque jamais à la maison ; une nouvelle administration s'installe au bourg pour remplacer l'ancienne et il en fait partie. Tous les jours j'accompagne Anne-Marie chez elle, où elle met de l'ordre et nettoie. L'ouvrier agricole de la ferme est revenu ; il est allé chercher les vaches chez le voisin ; c'est un brave homme, il fait le maximum.

Le 13 juin, ma mère et mes sœurs sont enfin de retour, saines et sauves ! Carentan a été libéré la veille, six jours après notre bourg. Des Allemands se sont battus bec et ongles avant d'être chassés de cette ville. Inutile de dire notre joie. J'ai beau ne plus être un enfant, me sentir à nouveau dans les bras de ma mère me remplit de bonheur. Anne-Marie se réjouit, elle aussi, mais pense plus que jamais à ses parents, dont on est toujours sans nouvelles. Mes sœurs ont du mal à se remettre de leurs émotions, et ma mère nous apprend que j'ai une nouvelle cousine, prénommée Victoire. Un prénom bien de circonstance.

Tabouche a gambadé comme un fou en me revoyant, jappé, agité la queue. Mais il a bien changé depuis son voyage. Après avoir entendu le vacarme proche des canons, des bombes, des armes automatiques, il ne supporte plus le bruit : ma mère a laissé tomber une fois par mégarde une casserole, et j'ai vu Tabouche fuir dans un coin et s'y tapir en gémissant. J'espère que ça lui passera. À croire que les animaux eux-mêmes n'aiment pas la guerre.

Le 14 juillet, le bourg fait la fête : guirlandes, drapeaux, discours au monument aux morts, cortège, bal... Nous nous en donnons tous à cœur joie. Même Anne-Marie, qui s'inquiète chaque jour davantage. Elle danse seulement avec moi, l'ami Pascal n'en revient toujours pas. Par dépit, il se vante, annonce son intention de s'engager dans l'armée américaine. N'importe quoi ! Nous nous moquons de lui : Pascal a un peu plus de treize ans, comme moi.

C'est le lendemain que nous apprenons la mort de mon oncle Vincent, le marin-pêcheur parti en barque rejoindre l'Angleterre et de Gaulle. Il était arrivé à bon port à l'époque, et s'était engagé dans les commandos britanniques, appelés « bérets verts ». Le 6 juin, à l'aube, il avait débarqué en France à Ouistreham, au nord de Caen. La barge dans laquelle il se trouvait était remplie de Français, et le colonel avait donné l'ordre qu'on la laisse aborder la première. Mon oncle Vincent a été fauché par le tir d'une mitrailleuse allemande sur la plage, à droite du casino.

Le 20 juillet, en rentrant de la ferme, Anne-Marie et moi voyons une camionnette stationnée devant notre porte, un véhicule équipé d'un gazogène, faute d'essence, portant sur les portières une croix de Lorraine et les lettres FFI[1] en majuscules.

Il est midi, mon père nous attend en compagnie d'un inconnu au visage de bon vivant sympathique. Ma mère et mes sœurs sont là aussi, souriantes.

— Bonne nouvelle ! annonce mon père.

Anne-Marie devine ; sa bouche s'ouvre ; elle semble étouffer un instant.

— Oui, on a retrouvé tes parents. Ils sont vivants !

Ma copine s'effondre en larmes ; j'ai envie de pleurer, moi aussi. Les précisions arrivent :

— Ils étaient en prison à Saint-Lô et se sont évadés pendant les bombardements. Saint-Lô vient d'être libéré, on peut aller les chercher maintenant.

— Tout de suite ! s'exclame Anne-Marie. Allons-y !

— Oui. Juste le temps de manger un morceau.

Anne-Marie n'a pas faim ; elle nous presse, excitée, heureuse. Ma mère a beau insister pour lui faire avaler quelque chose, rien ne passe. Mon père précise qu'il va l'accompagner avec le chauffeur de la camionnette, qui est un résistant. Je voudrais être aussi du voyage ; Anne-Marie m'appuie, insiste ; tout le monde tombe d'accord.

1. Forces françaises de l'intérieur. Organisation militaire unie de la Résistance.

Un quart d'heure plus tard, le véhicule à gazogène se met en route, en poussant les hoquets habituels à ce genre de moteur.

Saint-Lô est à trente-cinq kilomètres de chez nous environ ; la route traverse le bocage. Notre chauffeur nous raconte combien il a été difficile aux Américains de passer parmi les arbres touffus, les broussailles épaisses ; les blindés eux-mêmes n'arrivaient pas à se frayer un chemin. Il a fallu qu'un officier trouve l'astuce de faire poser à l'avant des chars une sorte de soc tranchant, chargé de couper la végétation, les troncs compris.

Nous voyons, par endroits, des traces de combats, des carcasses brûlées de véhicules.

— Vous n'êtes pas au bout de vos surprises, nous annonce le chauffeur d'une voix grave, voilà deux mois encore, ici se trouvait une ville. Regardez ce qu'il en reste.

Un tournant de chemin, Saint-Lô paraît ; la voiture s'arrête ; nous sautons à terre, n'en croyant pas nos yeux...

Devant nous s'étend un vaste champ de ruines, rien que des ruines, blanches, grises, noircies par le feu, ensemble de murs écroulés, de poutres, de ferrailles, de gravats... Rien n'a été épargné, pratiquement aucune maison n'est restée debout, aucun monument, aucune église. C'est là un spectacle inimaginable, incroyable, terrifiant.

Le chauffeur nous explique que Saint-Lô était un nœud de routes de première importance. Les Alliés l'ont bombardé, surtout dans la nuit du 5 au 6 juin, la nuit d'avant le débarquement, pour empêcher une concentration de troupes allemandes. Des tracts avaient été largués pour demander aux civils de s'éloigner, mais le vent avait emporté les tracts au loin, et des centaines de civils ont été tués dans leurs demeures, sans comprendre ce qui leur arrivait. Les survivants ont fui, la ville est morte.

La camionnette repart en direction de Coutances, mais le village où nous devons nous rendre se trouve avant Serisy-la-Salle. Anne-Marie ne dit mot, refrénant son impatience, anxieuse. Nous non plus n'avons guère envie de parler : la vision de la ville détruite ne nous quitte pas.

Soudain, un grand mur se dresse devant nous. Un portail ouvert indique sur son fronton : « Maison de retraite ». Un drapeau de la Croix-Rouge est fixé à côté. Nous sommes arrivés ; notre véhicule pénètre dans un parc.

Anne-Marie saute à terre et s'élance, criant le nom de ses parents. Au premier coup d'œil, elle les a aperçus, assis sur un banc. Ils sont bientôt dans les bras les uns des autres, bouleversés.

Nous restons à l'écart jusqu'à ce que les effusions se calment. Anne-Marie soudain s'affole en constatant que son père a perdu l'un de ses bras ; la manche gauche de sa veste remue à chaque mouvement, vide.

— C'est la guerre, dit le fermier, sois tranquille, ma fille, un seul bras suffira pour tout ce que j'aurai à faire. Je le veux.

Il regarde Anne-Marie droit dans les yeux.

La camionnette roule vers chez nous. À l'exception du chauffeur, nous sommes tous installés tant bien que mal sur la plate-forme. Les parents racontent leur arrestation et leur emprisonnement dans la prison de Saint-Lô. Les soldats les avaient prévenus que, le lendemain, ils seraient livrés à la Gestapo, la sinistre police nazie qui allait les interroger. Seulement, cette même nuit du 5 au 6 juin, la prison avait été bombardée par les avions alliés comme le reste de la ville. Ses murs s'étaient effondrés, eux aussi, malgré leur épaisseur. Il y avait eu des morts et des blessés, mais certains des prisonniers avaient pu s'échapper, achever de briser la porte de leur cellule, sortir, fuir à travers la ville en flammes, parmi les décombres, au milieu de centaines de ses habitants.

— C'est là que mon mari s'est aperçu que son bras était brisé. Il a tout de même trouvé la force de continuer. Nous nous sommes réfugiés avec d'autres dans une ferme, chez de braves gens. Un médecin est venu ; il nous a emmenés ; il a amputé Jacques, avec l'aide de son épouse, une infirmière. Cela s'est passé voilà plus d'un mois. Ils nous ont cachés ; mon mari s'est remis, peu à peu. Les Allemands étaient présents dans la région, des troupes fraîches décidées à se battre. Au début du mois de juillet, tous les habitants des environs de Saint-Lô ont été forcés de quitter la zone des combats, sous peine d'exécution immédiate. Notre médecin nous a trouvé une place ici, dans cette maison de retraite. Dès le départ des Allemands, nous avons prévenu nos amis de Sainte-Marie-du-Mont. Et vous voici...

La mère d'Anne-Marie cache sous ses cheveux les cicatrices des plaies faites par les pierres tombées sur elle dans la prison ; certaines ont frappé son corps, ses jambes ; elle nous a donné d'autres détails plus précis, disant l'horreur des bombardements, des murs qui s'écroulaient sur les têtes, la fuite, les gens fous de peur, les cris épouvantables, les blessés, les enfants en pleurs, les familles séparées, des bombes qui tombaient sur les fuyards en pleine campagne, les civils confondus avec des soldats allemands par les aviateurs. La guerre, quoi.

Nous avons passé la soirée ensemble à la maison, puis les parents de ma copine sont restés dormir chez nous. On s'est serrés, voilà tout. J'ai veillé longtemps cette nuit-là ; Anne-Marie m'avait embrassé très fort pour me dire bonsoir ; j'étais heureux.

Pour en savoir plus...

Le débarquement

En 1943, la Deuxième Guerre mondiale battait son plein sur les champs de bataille d'Europe, d'Asie et d'Afrique. La France était occupée par l'armée allemande, mais la Grande-Bretagne continuait de résister avec vaillance depuis 1940. D'autre part, l'Union soviétique et les États-Unis avaient rejoint le camp de la liberté pour mettre hors d'état de nuire Hitler et son régime nazi, responsables de tant de guerres, d'invasions, de massacres et d'horreurs commises au nom d'une prétendue supériorité de la « race » allemande.

Au début de 1943, les Alliés décidèrent de créer un nouveau front en Europe contre les nazis, qui venaient de perdre la bataille de Stalingrad en Russie. L'Armée rouge avait lancé une attaque ; Anglais et Américains voulaient prendre les Allemands à revers à partir d'un débarquement en France.

Face à cette menace qu'il connaissait, le chancelier Hitler décida au printemps 1943 la construction du mur de l'Atlantique, ensemble de fortifications établi sur mille cinq cents kilomètres de côtes françaises.

Le mur était composé de blockhaus en béton édifiés sur les plages, armés de canons et de mitrailleuses, reliés par des tranchées, et protégés par des champs de mines, des barbelés, ainsi que par une série d'obstacles en acier (hérissons, poutrelles...), destinée à éventrer d'éventuelles péniches de débarquement et à s'opposer à l'avance de chars d'assaut.

Les cinq cent mille soldats chargés de défendre ce mur appartenaient soit à des troupes d'élite, soit à des bataillons composés d'hommes âgés ou très jeunes, souvent incorporés de force dans différents pays occupés par les nazis.

Les préparatifs

L'organisation du débarquement allié demanda de longs mois d'efforts et la résolution d'innombrables problèmes naissant au fur et à mesure de l'avancement des préparatifs. Il fallait transporter d'Angleterre en France, par mer, deux cent trente mille soldats pour commencer, et environ trois millions au total (un million sept cent mille Américains et un million d'Anglais et de Canadiens). Sans parler du matériel et de l'essence. Un travail gigantesque, jamais réalisé où que ce soit jusqu'alors.

L'opération de transport reçut le nom de « Neptune » et le débarquement proprement dit celui d'« *Overlord* ».

On rassembla donc en Angleterre près de cinq mille navires de toutes tailles, allant des cuirassés jusqu'aux dragueurs de mines, aux vedettes et aux péniches. Sans oublier cinquante vieux bâtiments destinés à être coulés à des endroits précis de la côte française pour atténuer l'effet des vagues, en attendant la construction de ports artificiels indispensables au débarquement du matériel lourd.

Car, en Angleterre même, le service *Gooseberries* (« groseilles ») faisait construire en pièces détachées deux *Mulberries* (« mûres »), c'est-à-dire deux grands ports qui allaient être installés, l'un à Arromanches, l'autre à Saint-Laurent-sur-Mer, dans le Calvados.

Ces ports étaient composés, notamment, de deux cent quarante-six caissons en béton, capables de flotter sur l'eau bien que pesant six cent mille tonnes au total ! Sans parler des jetées, des pontons, etc. D'autres ports artificiels étaient aussi prévus, de taille moindre.

Pour compléter cette infrastructure, était prévu un pipe-line[1] qui allait être déroulé à travers la Manche depuis l'île anglaise de Whight jusqu'aux environs de Cherbourg. (Ce pipe-line fut prolongé sur plusieurs centaines de kilomètres en France même pour apporter aux tanks et camions alliés l'essence nécessaire à leur marche en avant.)

À cet énorme travail matériel s'ajouta la recherche de renseignements destinés à faciliter l'opération au maximum. C'est ainsi que des sous-marins de poche venaient, sous le nez des Allemands, relever le relief précis et la profondeur des eaux le long des côtes normandes. De même, la Résistance française transmettait à Londres nombre d'informations sur les mouvements des troupes de la Wehrmacht, l'installation de l'artillerie, etc. On parle d'ailleurs trop peu du rôle que joua la Résistance lors du débarquement (renseignements, sabotages, actions diverses...), comme, plus tard, durant la campagne de France. Rappelons qu'au moment du débarquement il y avait dans la seule Normandie plusieurs milliers de résistants armés ; d'autre part, le harcèlement des maquis du Centre et du Sud-Ouest retarda l'arrivée des renforts allemands sur les champs de bataille. Ainsi, plus tard, le général Eisenhower, commandant en chef des troupes alliées, pourra indiquer que

1. Tuyau flottant.

l'aide apportée au débarquement par la Résistance équivalait à l'action de quinze divisions. (À titre de comparaison, trente-huit divisions alliées au total furent engagées durant la bataille de Normandie.)

Avant le jour J

Le débarquement en France avait tout d'abord été prévu le 1er mai 1944, puis retardé, les préparatifs n'étant pas achevés. Mais, dès le début du mois de mars, l'aviation alliée commença des bombardements massifs sur les voies de communication, ferroviaires en particulier, qui eurent pour effet de réduire considérablement les possibilités de déplacement des troupes allemandes, au prix, hélas, de nombreuses victimes civiles. Des milliers d'avions alliés allaient d'ailleurs soutenir le débarquement.

Celui-ci était prévu sur cinq plages normandes, depuis la presqu'île du Cotentin jusqu'à Ouistreham, au nord de Caen. Des noms de code leur furent attribués :

— *Utah* : plage du Cotentin face aux îles Saint-Marcouf ;

— *Omaha* : Vierville, Colleville (entre l'embouchure de la Vire et Port-en-Bessin) ;

— *Gold* : Arromanches, Ver-sur-Mer ;

— *Juno* : Courseulles ;

— *Sword* : Ouistreham, Lion-sur-Mer, canal de Caen.

Les deux premières plages étaient réservées aux troupes américaines, les trois autres aux Anglais et aux Canadiens. (Un commando français débarqua à Ouistreham et un certain nombre de Français avaient été incorporés dans la marine et l'aviation alliées.)

Le débarquement

Fixé une seconde fois pour le 5 juin, le débarquement fut encore reculé d'un jour pour des raisons météorologiques, le mauvais temps sévissant sur la Manche.

Comme on a pu le lire dans cet ouvrage, des commandos aussi bien américains qu'anglais furent largués sur la Normandie dans la nuit du 5 au 6 juin afin d'accomplir certaines tâches précises destinées à faciliter le débarquement du lendemain. Des épisodes nocturnes sont restés célèbres, comme la prise de Sainte-Mère-Église dans le Cotentin, avec son soldat américain accroché des heures durant par son parachute au clocher. Ou alors, la prise par un commando anglais de deux ponts près de Caen, héroïquement défendus jusqu'à l'arrivée des renforts, le lendemain, renforts précédés d'un joueur de cornemuse...

Le 6 juin, à partir de 6 heures 30, eut lieu le débarquement proprement dit, après un bombardement massif de l'aviation anglo-américaine et de l'artillerie de marine. Les combats se déroulèrent diversement selon les plages.

À Utah, le débarquement eut lieu à environ deux kilomètres de l'endroit prévu en raison du fort courant qui déporta les navires. Il en fut facilité, les faibles défenses allemandes de la plage de la Madeleine ayant été rapidement détruites.

Au contraire, la résistance allemande se prolongea sur les plages d'Omaha, certains blockhaus du mur étant bien protégés par cinq à six mètres de béton. Les troupes américaines, clouées sur le sable, ne purent se dégager qu'en début d'après-midi, au prix de lourdes pertes.

Pendant ce temps se déroulait la fameuse bataille de la pointe de Hoc. Un commando spécial de rangers montait à l'assaut d'une citadelle haut perchée, de la même façon qu'au Moyen Âge, en s'aidant d'échelles et de crampons fixés à l'extrémité de cordes. La position était si bien installée qu'on avait dit qu'une seule grand-mère armée d'un balai suffisait à la défendre. La citadelle fut prise, mais bien des soldats y laissèrent leur vie. C'est alors que les Américains s'aperçurent que ces dangereux canons qu'il fallait absolument réduire au silence avaient été retirés de leurs socles par l'armée allemande, pour des raisons inconnues, quelques jours auparavant.

Sur les plages réservées aux Anglais et aux Canadiens, le débarquement se déroula plus ou moins selon les plans prévus. Il fut facilité par l'emploi de chars anglais ingénieusement équipés : chars munis de bras articulés destinés à faire exploser les mines avant leur passage, chars déroulant derrière eux un véritable chemin en treillage d'acier, chars portant des rondins de bois pour combler les tranchées, chars armés de lance-flammes ou de bombes spéciales capables de détruire des ouvrages en béton.

Le 6 juin 1944 au soir, les troupes alliées avaient réussi à installer partout de solides têtes de pont.

Ce succès fut facilité par plusieurs facteurs. D'abord, les Allemands avaient toujours pensé que le débarquement se déroulerait dans le Pas-de-Calais en raison de la proximité de l'Angleterre. C'est ce qui les fit tarder à réagir devant ce qu'ils prirent d'abord pour des manœuvres de diversion. D'autre part, les divisions blindées de la Wehrmacht n'obéissaient qu'aux ordres directs d'Adolf Hitler, prévenu des événements avec un certain retard. Mais surtout, les Alliés bénéficièrent de la supériorité écrasante de leur aviation, qui, maîtresse des airs, attaquait sans relâche le moindre mouvement des troupes ennemies.

La bataille de Normandie

En quelques jours, les têtes de pont des troupes alliées s'élargirent et atteignirent dix à vingt kilomètres de profondeur à l'intérieur des terres, selon les endroits.

Cent cinquante mille hommes furent débarqués en France le 6 juin. Ce chiffre atteignit le million après un mois, et trois millions par la suite.

Car la bataille de Normandie ne faisait que commencer. Cherbourg est prise le 26 juin, la résistance allemande autour de Caen n'est brisée que le 9 juillet et celle devant Saint-Lô le 19 juillet. La Wehrmacht avait lancé sur le nouveau front des divisions disponibles en France, en particulier les panzers (tanks) qui tentent une contre-attaque le 6 août entre Falaise et Mortain, mais sont écrasés sous les bombes. Les troupes alliées purent alors se déployer dans plusieurs directions, vers le Nord, vers la Bretagne, vers Paris ; la bataille de Normandie se transformait en campagne de France. La division Leclerc, débarquée sur les plages d'Utah, se joint aux Forces françaises de l'intérieur pour achever la libération de Paris le 24 août 1944.

Bertrand Solet

Bertrand Solet

L'auteur est né à Paris en 1933. Après avoir fait des études de cinéma, puis d'économie, il a été de longues années responsable d'un service de documentation. Il a également beaucoup voyagé. Marié, père de famille et grand-père, Bertrand Solet a publié une cinquantaine d'ouvrages pour la jeunesse, des romans historiques, mais aussi des récits contemporains. Il a obtenu de nombreux prix.

Du même auteur, chez Flammarion jeunesse :

Les révoltés de Saint-Domingue
Espion en Égypte
La révolte des Camisards
La croisade de la liberté
Chasseurs d'esclaves
23 récits et légendes de Vikings

Christel Espié

Christel Espié est née à Aix-en-Provence et vit aujourd'hui à Avignon. Après des études de mathématiques puis de littérature, elle a appris à l'école Émile Cohl à Lyon son métier d'illustratrice. Elle a ensuite effectué quelques travaux pour la presse avant de se tourner vers l'édition jeunesse. Elle aime avant tout illustrer les romans d'aventure.

Table des matières

ROMANS

Tout un monde de lecture
entre les mains.

TITRES DÉJÀ PARUS

Flammarion jeunesse

Chaân, la rebelle (tome 1)

Christine Féret-Fleury

3 500 ans avant notre ère, au cœur de la Préhistoire... Chaân, une jeune fille éprise de liberté, défie les lois de son peuple en apprenant à chasser en secret. Elle est alors rejetée par tous les habitants du village et par son propre père. Chaân semble prête à tout pour conquérir son indépendance. Mais saura-t-elle surmonter les épreuves qui l'attendent ?

« Non, elle ne laisserait personne l'empêcher de vivre à sa guise. S'il le fallait, elle se battrait. Elle supporterait les pires épreuves... »

Le premier épisode des aventures de Chaân.

Flammarion jeunesse

Claudine de Lyon

Marie-Christine Helgerson

Claudine a onze ans, elle travaille dix heures par jour
dans l'atelier de son père, à tisser de la soie.
Mais cette vie épuise la petite fille
qui tombe gravement malade. Pour guérir, elle part
à la campagne. Claudine veut retrouver la santé
et elle n'a pas envie de retourner à Lyon pour travailler.
Ce qu'elle désire par dessus tout, c'est aller à l'école
et réaliser son rêve : savoir lire, écrire et surtout dessiner.

« J'en ai assez de recevoir des ordres. Je veux choisir pour moi. Je sais bien ce que je ferai : j'irai à l'école, j'apprendrai des tas de choses et je ferai des dessins encore plus beaux que ceux de Carlo. »

Flammarion jeunesse

De Sacha à Macha

Rachel Hausfater et Yaël Hassan

Derrière son ordinateur, Sacha envoie des mails à des destinataires imaginaires, comme autant de bouteilles à la mer. Jusqu'au jour où Macha répond. Commence alors une bien étrange correspondance, pleine de tâtonnements mais aussi de confidences... Est-ce le début d'une belle amitié ?

« Tu m'as fait une de ces peurs ! J'ai eu l'impression que j'allais tomber dans un gouffre. Tu es la seule personne qui m'ait tendu la main : j'ai besoin que tu me la tiennes encore un peu. Beaucoup. Longtemps. Toujours. »

Flammarion jeunesse

Jonathan Livingston le goéland
Richard Bach

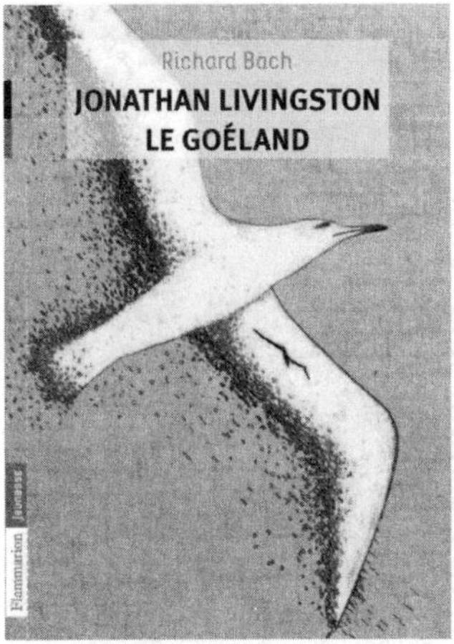

Jonathan Livingston n'est pas un goéland comme les autres. Sa seule passion, c'est de voler toujours plus vite, toujours plus haut. Incompris des autres goélands, il est chassé du clan. Il poursuit, solitaire, sa quête de liberté. Sera-t-il condamné à vivre son rêve seul ?

« Il remarqua qu'aux vitesses extrêmes plusieurs plumes dressées simultanément le faisait tournoyer comme une balle de fusil... Jonathan venait de réussir la première acrobatie aérienne de toute l'histoire terrestre des goélands. »

Flammarion jeunesse

Jun-ling, une enfance chinoise
Adeline Yen Mah

Orpheline de mère, Jun-ling est le souffre-douleur de sa famille. Ses frères et sa sœur lui reprochent la mort de leur mère et son père la néglige. Soutenue par son grand-père Ye Ye et sa tante Baba, Jun-ling apprend à avoir confiance en elle et à partager leur amour des lettres. Elle y puisera la force de prendre son envol...

« Tu as à l'intérieur de toi quelque chose d'unique, de précieux, je l'ai toujours senti. Tu ne dois pas le gaspiller. Il faut leur prouver qu'ils ont tort. Promis ?
- Juré ! »

Flammarion jeunesse

L'heure du renard

Marie-Claude Bérot

Isa est une petite fille peu ordinaire.
Elle connaît chaque plante, chaque animal, chaque étoile.
Elle aurait même de mystérieux pouvoirs...
Isa aime se réfugier dans la forêt où elle peut écouter
la nature lui souffler ses secrets. Un jour, à la tombée
du soleil, elle rencontre un renard sauvage.
Les destins de la bête et de l'enfant semblent liés...

*« - Ne bouge pas, je vais revenir. Tu entends, je vais revenir.
Le renard, comme s'il avait compris, souleva ses paupières
et les laissa retomber. »*

Flammarion jeunesse

Imprimé à Barcelone par:

BLACK PRINT

Composé par Nord Compo Multimédia
7, rue de Fives, 59650 Villeneuve-d'Ascq

Dépôt légal : avril 2012
N° d'édition L.01EJEN000845.N001
Loi n° 49-956 du 16 juillet 1949
sur les publications destinées à la jeunesse